KB199391

설득의
레토릭

지은이

전영우 全英雨, Jeon Yung-woo

1934년 서울에서 태어나 경복고를 거쳐 서울대 국어교육과를 졸업했다. 서울신문학원, 성균관대 석사과정, 중앙대 박사과정을 수료하고, 1989년 8월 성신여대에서 '한국 근대 토론사(討論史) 연구'로 문학박사 학위를 취득하였다. 『고등학교 화법』, 『방통대 국어화법』, 『국어화법론』, 『신국어 화법론』, 『화법개설』, 『바른말 고운말』, 『표준 한국어발음 사전』, 『토의 토론과 회의』, 『짜임새 있는 연설』, 『한국 근대 토론사 연구』, 『느낌이 좋은 대화 방법』 등을 집필했으며, 아리스토텔레스의 『아리스토텔레스의 레토릭』과 『니코마코스 윤리학』, 키케로의 『연설가에 대하여』 등을 번역하였다. 수상 이력으로는 서울특별시 문화상(1971) 언론 부문, 외솔상(1977) 실천 부문, 국민훈장 목련장(1982), 한국언론학회 언론상(1991) 방송 부문, 천원 교육상(2007) 학술연구 부문, 정부 문화포장(2017) 등이 있다.

설득의 레토릭

초판발행 2025년 4월 10일

지은이 전영우

펴낸이 박성모
펴낸곳 소명출판
출판등록 제1998-000017호
　　　　　주소 서울시 서초구 사임당로14길 15 서광빌딩 2층
　　　　　전화 02-585-7840
　　　　　팩스 02-585-7848
　　　이메일 somyungbooks@daum.net
홈페이지 www.somyong.co.kr

ISBN 979-11-5905-482-2 03800
정가 17,000원

ⓒ 전영우, 2025

The Rhetoric of Persuasion Class

설득의
레토릭

전영우

지음

대학에서 국어교육을 전공한 저자는 당시 국어교육의 문제점을 확인한 후 유럽의 '스피치' 분야에 관심을 기울여, 1962년 국제스피치학회SAA 학회원으로 정식 가입, 이 학문 분야를 개척해 '유럽 스피치 교육사'로 석사논문을 쓰고, '한국 근대 토론사 연구'로 박사논문을 썼다.

저자는 아리스토텔레스의 『레토릭』을 우리말로 옮기며, 종전 우리 사회에서 아무 거리낌 없이 '수사학'이라 일컬어왔던 용어를 '변론법'으로 바꾸어 놓았다. 『레토릭』은 3권에 가서야 비로소 표현 방법과 배열, 이른바 '수사학'을 다루고 있기 때문이다. 말하자면 그 일부가 수사학임에도 불구하고 전체를 성급하게 '수사학'이라 이름 붙인 종전의 입장을 불합리하게 생각한다.

여기서 아리스토텔레스가 말한 에토스ethos는 변론자의 인격이요, 파토스pathos는 변론자의 인격적 호감도이며, 로고스logos는 변론자의 지적인 식견일 것이다.

따라서 변론자는 첫째, 자타가 공인할 수 있는 고매한 인격을 갖추고, 둘째, 청자 및 청중으로부터 받는 인성적 호감도를 높이며, 셋째, 변론자가 갖는 지적인 호소력을 갖추어야 한다.

이 고전古典에 바탕을 둔 본 저서는 고등학생을 위한 스피치 입문 단계, 대학생을 위한 정착 단계, 일반인의 교양을 위한 심화 단계로 내용을 나누어 저술하였다. 동시에 유럽의 스피치 분야를 이입移入·수용하고, 우리나라 국어 교육에 '화법' 분야가 학술적으로 자리매김할 수 있도록 함을 목표로 한다.

특히 저자는 '화법'의 기능적인 측면을 중점으로 다룬다. 설명, 설득, 보고, 환담 등으로 내용을 축소 한정하고, 독자들이 화법 능력 향상에 단계별·수준별로 실질적인 도움을 받을 수 있게 책의 얼개를 짰다. 지금까지 알려진 대화, 연설, 토의, 토론, 회의, 등의 '화법 유형'보다 쉽게 화법 기능에 접근하여 실생활의 언어 표현에 직접 도움을 받을 수 있게 내용을 꾸몄다.

또한, 우리 사회의 '소통 문화' 향상에 실질적이고 학술적인 발전을 도모하기 위해 1998년 스피치화법 동학同學이 뜻을 모아 우리나라에서 처음 '한국화법학회'가 서울에서 창립, 연구 활동에 들어갔음을 알리고자 한다.

2025년 3월
저자 전영우 적음

제1부

고등학교 화법

제1장

설명과 설득

설명, 설득, 보고, 환담歡談은 의사소통의 목적에 따른 화법 기능이다. 어떤 사실에 대한 청자의 이해를 목적으로 말하면 설명이요, 자기 의사에 동조하게 함을 목적으로 말하면 설득이다. 청자에게 어떤 정보를 제공할 목적으로 말하면 보고요, 청자와 더불어 담소하는 목적으로 말하면 환담이다.

1. 설명은 이렇게

설명이란 듣는 이가 잘 알지 못하는 사실이나 사물, 현상, 사건 등에 대하여 알기 쉽게 말하는 것이다. 어떤 단어의 의미나 용어의 정의, 저서 및 사상에 대한 해설, 경험, 사건, 사실에 대하여 자세히 말하는 것, 보고 듣고 느낀 것을 묘사하는 것 등이 모두 설명에 포함된다.

예를 들면 '성선설', '난중일기', 또는 '6·25전쟁' 등에 대하여 잘 모르는 이에게 알기 쉽게 말하는 것을 설명이라고 한다.

설명의 목적은 화자가 말하고자 하는 것을 듣는 이가 잘 이해할 수 있도록 하는 것이므로 무엇보다도 정보를 정확하게 전달하는 것이 필요하다. 따라서 설명하는 이는 '누구에게, 무엇을, 왜 설명하는지' 분명히 인식하고 있어야 한다.

설명할 때 유의할 점은 다음과 같다.

① 설명할 내용을 충분히 알고 있어야 한다.
② 상대편이 이해할 수 있는 표현과 비유를 쓴다.
③ 상대편이 잘 알고 있는 예를 들어 말한다.
④ 표현이 정확해야 한다.
⑤ 정확한 발음, 알맞은 어조로 말한다.
⑥ 도표, 일람표, 사진, 슬라이드 등 시각 자료를 활용한다.

설명은 어떻게 할까

설명을 정확히 하기 위해서는 다음과 같은 여러 가지 방법이 필요하다.

첫째, 정의를 내린다.

어떤 사물이나 사실의 뜻을 명확히 밝혀 규정하는 방법으로 설명에서 가장 많이 쓰인다. 흔히 정의를 내리는 것과 말을 바꾸는 것을 혼동하는데, 예컨대 "애정이란 사랑이다"라고 말하는 것은 말을 바꾼 것이지 정의를 내린 것이 아니다. 애정의 정의는 '사랑하는 정이나 마음'이다.

둘째, 비교·대조한다.

상대편이 잘 알고 있는 실례나 사실을 들어 설명하는 방법이다. 예를 들어 우리나라의 선거 제도에 대하여 설명할 때 다른 나라의 선거 제도와 비교해서 같은 점과 다른 점을 설명하면 청자는 우리나라의 선거 제도에 관하여 한층 효과적으로 이해할 수 있다.

이와 같이 비교에는 같은 점을 비교하는 것과 다른 점을 비교하는 두 가지 방법이 있다. 이때 후자를 대조라고 한다.

셋째, 인용한다.

남의 말이나 글을 통하여 설명하는 방법이다. 전문가나 학자, 경험자, 윗사람, 동료 등의 증언을 인용해서 자기주장을 뒷받침하는 방식이다. "미국 정치가 패트릭 헨리도 '자유가 아니라면 죽음을 달라'고 외친 일이 있습니다. 자유의 고귀함은 예나 지금이나 다를 바가 없습니다"와 같이 남의 말을 인용하여 설명하면 듣는 이에게 한결 신뢰감을 줄 수 있다.

넷째, 통계를 제시한다.

통계 자료를 제시하여 설명하는 방법이다. 통계를 제시할 때의 숫자나 통계는 신빙성이 있는 최신 자료에 근거를 둔 것이어야 상대에게 믿음을 줄 수 있다. 예를 들면 다음과 같다.

1993년 통계청이 펴낸 '한국의 사회 지표'를 보면, 전국적인 조사에서 환경오염 방지를 위하여 합성 세제를 줄여 쓰는 사람이 68.8%, 쓰레기를 함부로 버리지 않는 사람이 55.2%, 하천 및 바다에 오물을 버리지 않는 사람이 49.2%, 쓰레기를 분리 배출하는 사람이 48.6%로 나타났습니다. 이러한 통계를 볼 때 환경오염에 대한 우리 국민의 인식이 점차 높아지고 있다는 사실을 알 수 있습니다.

다섯째, 시청각 자료를 이용한다.

청자의 시청각에 호소하는 방법이다. 이것은 최근에 많이 쓰이는 방법인데, 여기에 쓰이는 자료로는 도표, 도형, 슬라이드, 사진, 녹음이나 녹화 테이프, 지도 등이 있다.

여섯째, 반복한다.

청자에게 좀 더 정확하게 의사 전달을 하기 위하여 쓰는 방법이다. 요점이나 요약을 반복하거나 제안, 새로운 문제점, 해결안, 결론 등을 반복하여 설명한다.

2. 설득은 이렇게

말로써 다른 사람의 생각이나 행동에 영향을 끼치고자 하는 것을 설득이라고 한다. 설득의 목적은 첫째, 남으로 하여금 나의 생각을 인정하게 하는 것, 둘째, 남이 호감을 가지고 나에게 적극 협력하게 하는 것, 셋째, 남의 의지·신념·행동 등에 변화를 일으키게 하는 것이다. 지적인 설득만으로는 효과를 얻기 힘들다. 효과적인 설득을 위해서는 남이 나의 생각에 동의하고 행동에 옮길 수 있을 만한 충분한 근거를 보여야 한다.

설득에는 행동을 지시하지 않고 필요한 정보를 주어서 화자가 바라는 행동을 끌어내는 정보적 설득과 "이렇게 하시오!" 하는 강제적 설득, 그리고 "이렇게 하지 않겠습니까?" 하는 의뢰적 설득이 있다. 이때 강제와 의뢰는 상대편의 자발성을 존중하지 않고 밀어붙이는 인상을 주어 반발을 사기 쉽다.

자세히 관찰해 보면 우리의 생활은 설득 속에 있다고 해도 지나친 말이 아니다. 우리들이 어릴 때부터 장성해서까지 부모님으로부터 듣게 되는 "공부해라. 훌륭한 사람은 저절로 되는 것이 아니지 않나?," "길을 건널 때는 반드시 횡단보도로 건너고 차 조심해라"와 같은 말들과 주변에서 흔히 볼 수 있는 각종 표어도 모두 우리를 설득하기 위한 것들이다. "꺼진 불도 다시 보자," "다 왔다고 방심 말고 끝까지 안전 운행," 또한 눈만 뜨면 대하게 되는 대중 매체의 상품 선전과 광고 등 우리의 생활은 설득의 연속이다.

설득은 어떻게 할까

화자가 청자에게 동의를 구하고 확신을 심어준 다음 마침내 행동화를 촉구하는 것이 설득이다. 그러므로 우선 화자와 청자가 서로 정보를 공유하는 것이 필요하다.

설득을 효과적으로 하기 위해서는 설득하는 이가 인격이나 학식 등 여러 면에서 신뢰할 만한 사람이어야 하고 정확하고 충분한 정보를 가지고 있어야 하며 듣는 사람의 처지를 고려하는 아량이 있어야 한다.

설득할 때 눈앞의 결과에 연연하여 거짓 정보를 주거나 중요한 사실을 의도적으로 감추어서는 안 되며 듣는 이의 일시적인 충동을 자극하거나 강압적인 자세로 자신의 생각을 강요하는 것도 금물이다. 이와 같은 방법은 일시적으로 효과가 있을 수는 있어도 시간이 지나면 반드시 역효과를 초래하여 정상적인 의사소통을 가로막는 원인이 된다.

설득을 효과적으로 하기 위한 방법에는 다음과 같은 여러 가지가 있다.

첫째, 정보를 제공한다.

여러 가지 정보를 수집하여 상대편에게 전달함으로써 상대편의 주의를 끌어 설득하는 방법이다. 예를 들면, 주부들에게 무청을 이용하자고 설득할 때, "무청은 무의 잎과 줄기로서 카로틴과 칼슘이 많이 들어 있다"는 정보를 제공하는 것이다. 이 정보를 알게 된 주부들은 김치를 담글 때 무청을 버리지 않게 될 것이며 이에 따라 쓰레기도 줄이고 가족들의 영양 섭취도 꾀할 수 있게 될 것이다.

이때 정보는 사실에 근거한 것이어야 하며 자신의 취지와 맞지 않는다고 해서 중요한 정보를 의도적으로 감추거나 왜곡해서는 안 된다.

둘째, 통계나 실례 등 사실을 알려 준다.

통계를 이용하여 상대편을 설득하는 방법이다. 통계는 정확하고 최신의 것이어야 하며 설득하려는 취지와 잘 부합하는 것이어야 한다. 예를 들면 다음과 같다.

> 1993년 통계청에서 펴낸 '한국의 사회 지표'를 보면, 교통사고로 인한 인구 10만 명당 사망률에서 우리나라가 34.5명으로 세계 제1위, 뉴질랜드가 27.5명으로 제2위, 베네수엘라가 21.4명으로 제3위, 그리고 네덜란드가 9.1명으로 가장 하위에 머물고 있습니다.
>
> 이러한 통계를 볼 때 우리나라 사람이 얼마나 교통질서에 대한 인식이 부족한지 증명이 됩니다.
>
> 여러분, 교통질서를 잘 지켜 교통사고 없는 나라를 만듭시다.

셋째, 논리적으로 말한다.

자기주장을 뒷받침하는 이유를 제시하여 이치에 맞게 말해야 설득력을 발휘한다. 이와 같은 설득 방법은 상대편의 주장을 논박하고 자신의 주장이 정당함을 설득하는 토론의 중요한 수단이다.

이때 청자는 화자의 논리에 휘말려 그릇된 결론에 이를 수도 있으므로 화자의 논거와 추론이 객관적으로 정당한가를 비판하며 들어야 한다. 상대편이 지적인 이해에 의하여 사물을 판단하는 사람일 경우에 효과적인 방법이다.

넷째, 감정에 호소한다.

상대편의 감정과 인정 또는 의리에 호소하여 설득한다. 다음은 청자의 인정에 호소한 예이다.

수마가 할퀴고 간 상처로 고통받는 수재민에게 우리 다 같이 구호품을 보냅시다. 여러분의 따뜻한 정성을 기다립니다.

제2장

보고와 환담

1. 보고는 이렇게

어떤 사건을 직접 경험한 사람이 사건의 경위 경험 사실 등에 대하여 형식을 갖추어 정보를 제공하는 것을 보고라고 한다. 따라서 보고에는 육하원칙 등의 일정한 형식 등이 요구되며 설명 방법을 쓸 수도 있다.

보고의 목적은 상대가 알고 싶어 하며 화자가 알리고 싶은 것을 알리는 것이다. 그런데 상대가 우선 알고 싶은 것은 결과이고 경과는 차후의 문제이므로 보고할 때는 결과부터 말해야 한다. 짤막한 보고를 약식 보고라고 한다.

보고는 어떻게 할까

보고를 하기 위해서는 자료를 모아야 하는데 자료는 실제로 있었던 일, 자신이 직접 체험하고 느낀 것, 보고할 가치가 있는 것, 상대의 관심을 끌 수 있는 것 등으로 하는 것이 바람직하다. 이때 보고자는 육하원칙을 염두에 두는 것이 좋다.

보고할 때는 다음과 같은 점에 유의한다.

① 보고해야 할 사항을 정확히 이해하여 추상적인 보고가 되지 않도록 한다.

② 자료의 선택에 신중을 기해야 한다. 그 보고에 적절한 자료인가 신뢰할 수 있는 자료인가 가치가 있는 자료인가 등에 기준을 두고 선택한다.

③ 전문가의 의견과 자신의 의견을 구별한다. 정보의 출처는 전문 서적인 경우가 대부분인데 이를 인용하여 전문가의 의견을 자신의 의견인 것처럼 보고하면 보고자의 신뢰도가 떨어진다.

④ 상대편에게 말하듯이 보고한다. 보고할 내용은 미리 메모해 두었다가 미리 읽어보고 발표할 때는 메모를 보지 않고 상대편을 바라보며 말하듯이 하는 것이 바람직하다.

⑤ 사진·그림·도표·영상물 등의 시각적 자료를 이용한다. 눈이 귀보다 수용하는 힘이 더 빠르고 강하므로 시각 자료를 써서 하는 보고가 좀 더 효과적이다.

⑥ 보고를 끝낼 때는 수집한 정보에서 추론되는 결론을 말하고 예상되는 새로운 사태와 문제에 대하여 언급한다. 그리고 문제의 해결안을 제시한다. 끝으로 예상되는 질문에 미리 대비한다.

2. 환담은 이렇게

의례적인 이야기 이외의 말하기를 환담이라고 한다. 좁은 뜻으로는 유머를 말한다. 그러나 웃음을 자아내는 모든 이야기가 환담은 아니다. 환담은 서투른 재담, 격이 떨어지는 농담과는 다르다.

환담은 기분 좋은 웃음을 띠게 하는 말하기라고 할 수 있다. 화자와 청자가 기분 전환을 할 수 있고 재미있게 대화를 나눌 수 있는 것이면 모두 환담의 재료가 될 수 있다.

환담을 하려면 다음과 같은 마음 자세가 필요하다.

첫째, 애정이 있어야 한다.

따사로운 분위기, 인간적인 정감을 나누는 것이 환담의 목적이므로 먼저 상대에 대한 깊은 애정이 있어야 한다.

둘째, 진실해야 한다.

환담은 가식적이거나 형식적이 아니라 진실하고 자연스러워야 한다. 진심에서 우러나온 것이 아니면 공허한 느낌만 남기기 쉽다.

셋째, 여유를 가져야 한다.

환담은 마음의 여유에서 시작된다. 마음에 여유가 없으면 상대와 조화를 이루기 어렵다. 여유가 없으면 상대와 불협화음을 이루기 쉽고 위화감을 불러일으키기 쉽다.

환담은 어떻게 할까

공식적인 모임에서 신변잡사를 말하는 것도 환담이다. 그러나 여기에서는 좁은 의미의 환담에 대하여 서술한다.

화자의 이야기를 듣고 청자가 웃음을 터뜨리면 화자와 청자 사이에 감돌던 긴장감이 일시에 풀리고 부드러운 분위기가 된다. 청자로 하여금 자연스러운 웃음을 웃게 하려면 어떻게 해야 하는지 월남 이상재李商在의 일화를 통하여 살펴본다.

첫째, 동음어를 이용한다.

동음어란 음은 같으나 뜻이 다른 말을 뜻한다.

1920년, 미국의 스타 박사가 서울에서 강연하게 되었는데 그는 강연에 앞서 이상재를 만나고 싶어 하였다. 이상재 측근의 한 사람이 "스타 박사가 선생님을 뵙고자 합니다" 하였다. 그러자 이상재는 "아니 대낮에 별이 나타나다니 이름이 잘못된 게 아닌가?" 하였다. 주위에 있던 모든 사람들이 박장대소하였다.

둘째, 곁말을 쓴다.

직설적으로 하지 않고 빗대어 하는 말을 곁말이라고 한다. 흔히 은어를 가리키기도 한다.

어느 날 이상재가 청중을 모아놓고 연설하려 하자 일본 순사들이 많이 모여들었다. 이상재는 몹시 불쾌해하며 먼 산을 쳐다보면서 말하였다. "때아닌 개나리가 왜 이렇게 많이 피었을까?" 그러자 청중은 폭소를 터뜨렸다. 그 당시 우리나라 사람들은 일본 형사를 개라 하였고, 순사를 나리라 하였으므로 청중은 '개나리'란 말이 일본 형사와 순사를 욕하는 말인 줄 즉각 깨달았기 때문이다. 물론 일제 치하의 일이었다.

셋째, 신소리를 쓴다.

신소리란 상대의 말을 슬쩍 눙쳐서 받아넘기는 말이다. 이상재는 추운 겨울날에도 남바위 위에다 서양의 중산모를 쓰고 다녔다. 이 모습이 이상하게 생각되었던지 한 청년이 물었다. "선생님 중산모 아래에다 남바위를 쓰십니까?" 그러자 이상재는 껄껄 웃으며 대답하였다. "그럼 중산모 위에다가 남바위를 쓰나?" 한참 후에 청년도 따라 웃었다.

넷째, 풍자를 한다.

풍자는 무엇에 빗대어 재치 있게 경계하거나 비판하는 것이다. 어느 날 이상재가 어느 모임에 참석했는데 공교롭게 바로 맞은편 자리에 이완용과 송병준이 앉아 있었다. 이상재는 그들을 보자 비위가 상하여 "대감들 동경으로 이사를 가시지요" 하고 반문했다. 그러자 이상재는 태연히 "대감들이 나라 망쳐 먹는 데에는 천재이니 동경으로 가시면 일본도 망할 것 아니겠나!" 하고 말했다. 주위에 앉아 있던 사람들이 통쾌하게 웃었다.

다섯째, 해학적으로 표현한다.

해학이란 익살스럽고 품위 있는 농담을 말한다.

어느 날 이상재가 시무룩하게 앉아 있다. 박정양이 이상히 여겨 연유를 물었다. 월남은 "내일이 내 생일인데 객지에서 지내자 하니 자연 심사가 좋지 못하구려" 하고 대답하였다. 이튿날, 이상재가 묵고 있는 집의 주인인 박정양이 좋은 술과 안주로써 그를 위로하였다. 그런데 며칠 후 이상재가 밥상을 건드리지 않고 그대로 물렸다. 음식을 차린 여인이 그 연유를 물었더니 "오늘이 내 생일인데" 하고 돌아앉았다. 그녀가 안에 들어가 주인에게 고하니 주인은 술과 안주를 장만하여 그를 대접하였다.

그런데 그 뒤 얼마 안 되어서 같은 일이 또 일어났다. 그러자 주인 박정양이 "선생은 생일이 일 년에 세 차례나 되신다고 하니 어쩐 일인가요?" 하고 물었다. 이 말에 이상재는 빙그레 웃으며 "객지에 있는 사람은 매일 생일이라도 무방하지 않을까?" 하며 웃었다. 박정양도 따라 웃지 않을 수 없었다.

대학교 화법

제1장

설명과 보고

스피치라는 분야를 이해하고 그것을 올바르게 사용하기 위해서는 스피치의 기능을 정확히 파악하고 있어야 한다.

일반적으로 스피치는 표현이나 전달의 수단이라고 말할 수 있다. 하지만 단순히 무엇을 표현하고 전달하는 것일 뿐만 아니라 보다 깊은 인간 행동의 한 형태요, 스피치는 인간의 육체적 행동은 물론 인간의 사고 행동도 변화시킨다는 것을 알아야 한다. 즉, 스피치는 그것이 진행되는 과정에서 말하거나 듣는 사람의 생활, 또한 말하고 듣는 사람의 인간관계를 변화시킨다.

여기에서는 스피치의 기능을 설명·보고·설득·환담의 기능으로 나누어 다루었다. 각 기능을 간단히 살펴보면 설명이란 상대가 아직 모르고 있거나 불충분하게 알고 있는 지식이나 정보를 자세히 알려주는 역할을 뜻하며, 보고란 화자가 알고 있는 사건이나 경험 인상 사실 등을 정리된 형식으로 발표하는 형태의 기능이다. 설득은 청자에게 무엇인가를 호소하여 화자가 뜻한 대로 행동하게 하기 위한 목적을 가지며 환담은 유머나 기지 등 청자를 즐겁게 해주는 형태의 스피치 활동이라 할 수 있다.

이 기능들은 각각이 가지는 특성의 차이 때문에 수행하고자 하는 목적에 따라 유효 적절하게 선택해 사용해야 한다. 그렇게 되었을 때 스피치 활동은 더욱 바르고 효과적인 표현과 전달의 수단이 될 수 있을 것이다.

1. 설명의 기능

우리는 학교에서나 일반적인 강의에서 어떤 철학 개념에 대한 설명을 직접 하거나 들을 때도 있고, 어려운 수학 문제나 경제 이론 강의를 전공 학자를 통해 들을 때도 있다. 고장 난 석유난로의 상세한 수리법을 기술자를 통해 들을 때도 있으며, 찾기 힘든 집의 위치를 문의하여 설명받을 때도 있다.

이 같은 예들은 설명을 필요로 하는 비근한 예에 지나지 않는다. 설명은 스피치 활동에서 뺄 수 없다. 설명은 일상생활의 정상적인 경험에 그 터전을 두며 설명의 양식은 많고도 다양하다.

설명은 미지의 사실이나 아직 이해되지 않고 있는 사실의 의미를 상세하고도 분명히 알기 쉽게 하는 것이다. 그러므로 설명은 일상 행해지는 인간의 언어활동 가운데 가장 기본적인 형식이라 할 수 있다.

설명은 해설이나 해석, 해명과는 차이를 보인다. 설명한다는 것은 상대편에서 아직 모르고 있거나, 또는 알고 있더라도 그것이 불충분할 경우 어떤 지식이나 정보를 상대편에서 이해할 수 있도록 상세하고 분명하게 알린다는 목적을 가지고 있다.

가령, 어떠한 제도에 대해 아직 알지 못하는 사람들에게 그 제도의 목적이나 시행 방법, 실시 시기 등을 알려주는 것은 설명이고, 이를 조직적 또는 계통적으로 여러 가지 다른 사실과의 관련성을 가지고 설명하는 것은 해설, 이 제도를 다르게 표현해 새로운 의미를 부여하거나 설명자의 의견이나 독자의 이견을 첨가해서 설명하는 것은 해석이다. 또, 그 자체에 대해 아직껏 밝혀지지 않은 점이나 불분명했던 문제가 있을 때 예증이나 주석, 조사 등을 가해 분명하게 밝히는 것이 해명이다.

보통 설명은 여러 가지 목적을 위해 사용되는데 주로 어떤 용어의 의미에 대한 설명, 다른 사람이 말한 것이나 쓴 것에 대한 설명, 순서의 경과에 대한 설명, 방법에 대한 설명, 과거나 현재의 사건에 대한 설명, 사실의 중대성이나 그 의미에 대한 설명, 자신의 직접 및 간접 경험에 대한 설명 등이 있다.

이러한 목적 수행을 위한 설명 형식의 스피치 유형은 대단히 많으나 설명이 쓰이는 주요 스피치 유형은 다음과 같다.

강의·강연·여행담·고지아나운스(announce)·보고·발표·지시·명령·문제·뉴스·해설·대표의 지명 메시지·공식 인사·일화

설명 방법에 있어서는 거의 대동소이하나 학자마다 다소 의견의 차이를 보인다.

먼저 베어드C. Baird는 서술, 분석, 분류, 정의, 실증, 실례, 비교, 역사적인 설화, 연관성 등을 들었고, 딕키D. Dickey는 서술, 정의, 분석, 종합, 통계, 실례, 비교와 대조, 환언換言, 시각 보조 등을 예로 들었다.

설명을 구체적으로 행할 때는 몇 가지 방법이 필요하다. 그럼 설명에 쓰이는 효과적인 방법 등을 살펴보기로 한다.

첫째, 정의 또는 일반적인 서술을 쓴다.

이 경우 그 주된 형태라고 하면 사전식의 정의 형, 시간 순서에 따른 형, 장소의 순서에 따른 형, 논리적 분석 순서에 따른 모든 연역적演繹的인 설명, 즉 일반 원칙이나 전제 조건 및 명제로부터 특수 사항이나 구체적인 사항으로 전개해 나가는

형, 이와 반대인 귀납적歸納的인 설명, 그리고 원인 관계에 의한
순서에 의한 형이 있다.

이때의 주된 사항은 나이, 연수, 원인, '구성 재료', '성립 조
건', 용도, 분류, 종류, 감각, 장소, 위치, 시대, 사용 방법, 유형,
계급, 형태, 대소, 기세, 음량, 중량, 출처, 취미 등이다.

둘째, 비교를 써서 설명한다.

비교는 상대편이 잘 알고 있는 어떤 실례나 사실에 견주어
설명하는 것이다. 이 비교의 주된 형태는 유사점을 주로 하는
경우와 차이점을 주로 하는 경우가 있다.

셋째, 실례나 사실을 제시하든가 지적하면서 설명한다.

실연實演도 여기 포함된다.

넷째, 증명을 써서 설명한다.

필요에 따라 충분한 증거를 제시하거나 혹은 논증을 시도
하여 설명하는 것이다. 이 증명에 의한 설명의 주된 형태는 사
실에 의한 증명, 출처에 의한 증명, 권위자가 언급한 바나 권
위 있는 문헌의 인용에 의한 증명, 논리적인 연역에 의한 증명
이 있다.

다섯째, 통계를 써서 설명한다.

단, 통계를 쓸 때는 그 숫자를 뽑은 출처의 신빙성이 보장됨은 물론 그 숫자가 정확해야 하며 그 정확성도 청자에게 알려야 한다. 또 어떤 통계표를 인용하더라도 언제의 통계이며 누구의 통계이며 어디에 실렸던 것이라는 주해註解를 첨가해 두어야 할 것이다.

여섯째, 시청각에 호소하여 설명한다.

근래에 와서 점진적으로 연구되고 실용되는 이 시청각에 호소하여 설명하는 방법에는 다음과 같은 것들이 있다. 도표나 도형, 실연實演, 현장에서 환등과 슬라이드 사진, 녹음, 견본, 모형, 지도, 영상물 등이 그것이다.

일곱째, 반복을 써서 설명한다.

반복의 효과적인 사용은 다음 형식을 거치면 더욱 두드러진다. 즉, 요점이나 요약을 순서대로 반복하고 경구나 표어의 형식으로 고쳐서 또는 제안, 문제의 결론, 해결안, 새로운 문제 등의 형식으로 고쳐 반복한다.

이렇게 다양하고 빈번하게 쓰이는 스피치의 기능인 설명을 되도록 정확하고 효과적으로 수행하는 것은 매우 중요한 일이다. 설명의 기교를 신장한다는 것은 본질적으로 의사 표현력을 신장시키는 것이므로 특별한 배려가 뒤따라야 한다.

효과적이고 정확한 설명을 하기 위해서는 설명할 내용에 대해 설명자가 충분한 지식이나 정보를 가지고 있지 않으면 안 된다. 또한 모든 경험을 풍부하게 가지고 있어야 하는데 이를 위해서는 주변의 이야기를 통해 간접 경험을 가지는 것도 좋다. 어버이나 스승에게서 듣거나, 벗을 통해서 듣거나, 혹은 그 방면에 경험이 풍부한 사람에게서 이야기를 들을 수 있으며 전문 서적·참고서·신문·잡지 등을 통해 지식이나 정보를 획득할 수도 있다.

이렇게 다양한 대상을 통해 지식 정보 경험을 얻으려 할 때는 확실하게 관찰하고, 신중하게 고려하며, 주의 깊은 독서 습관을 길러 깊은 사고로써 논의하여 그것을 자기 것으로 소화시키는 태도와 습관을 익히는 것이 필요하다. 이렇게 해서 진정 자신의 것으로 소화시킨 지식 경험 정보만이 정확하고 효과적인 설명에 이용될 수가 있는 것이다.

이러한 설명 재료를 수집할 때는 신문, 잡지 등을 이용할 때 한 가지의 기사나 기술만을 읽을 것이 아니라 동일한 사실이나 문제를 다루는 여러 기사나 기술을 조사해 그 결과를 정리해서 메모를 모아 놓는 것이 바람직하다.

다른 사람에게서 이야기를 듣고 자료를 수집할 경우에도 마찬가지이다. 동일한 사실에 대해 서너 사람으로부터 이야기를 들어 정리하고 신문이나 잡지 등의 기술記述을 모으면 비교적 공평한 자료가 된다.

설명의 방법이나 내용의 파악도 중요하지만 이에 못지않게 중요한 것이 설명의 순서이다. 설명할 방법이 정해지고 설명할 내용을 잘 알고 있더라도 설명의 순서가 부적당하면 설명의 효과가 오르지 않을 뿐 아니라 때로는 오해를 받기 쉽다. 이제 효과적인 설명을 위한 순서와 그에 따른 주의점을 살펴보기로 한다.

첫째, 주의 깊게 순서에 따라 서술하고 한 번에 한 가지 사실을 이해시킨다.

순서에 따른 서술은 쉬운 것에서 어려운 것으로, 논지의 전제가 되는 사고에서 그 위에 덧붙일 수 있는 사고에의 순서이다. 이처럼 설명의 내용에는 몇 개의 사실에 몇몇 사고가 첨가되는 것이 보통인데 그것을 순서에 따라 한 번에 한 가지를 설명하는 것이다.

둘째, 한 가지 사실이 완전히 이해된 후에 다음 것에 대해 설명해 나간다.

대부분의 경우 설명할 내용이 이야기의 줄거리는 아니므로 한 가지 사실에 대하여 분명히 이해되지 않은 채 다음 것을 설명하면 설명의 효과가 소멸함은 당연한 일이다. 설명을 듣는 상대편이 처음 사실의 설명을 주의 없이 들었다고 가정하면 다음 단계의 설명은 더욱 모르게 되고 결국 설명의 전부를 이해할 수 없게 된다.

셋째, 서술하려는 바를 적당히 반복한다.

스피치란 그 성격으로 봐서 시간의 경과에 따라 지나쳐 버리기 때문에 인쇄되어 있는 것처럼 먼저 읽은 부분을 다시 고쳐 읽는다는 것이 불가능하다.

따라서 설명자의 의사 표현 능력에 따라 청자에게 전해지는 설명의 효과는 크게 좌우된다. 설명하는 방법이 지나치게 재미있거나 재미없으면 주의가 분산되고 청자는 머릿속에서 요점을 정리해 나가기가 곤란하게 된다. 때문에 설명의 요점이 되는 것을 적절하게 반복할 필요가 있는 것이다.

넷째, 청자가 잘 알 수 있는 용어를 택해서 서술한다.

자칫하면 특수한 용어나 전문가에만 통하는 용어를 그대로 써서 설명하기 쉽다. 전문가일수록 이런 예가 많은데 이런 점은 특별히 주의해야 한다.

다섯째, 청자가 잘 알고 있는 실례를 들어 서술한다.

서술이 추상적으로 되기 쉽고 이해가 곤란한 부분일수록 말만의 설명으로는 부족하다. 청자가 잘 알고 있는 실례는 이해를 쉽게 도와준다.

여섯째, 설명하고자 의도하는 것과 유사한 예를 비교하면서 서술한다.

이때 중요한 것은 설명하고자 하는 것과 유사한 예와의 사이에 본질적인 유사점이 없으면 안 된다는 사실이다. 그렇지 않을 경우에는 참된 설명이 되지 않는다.

일곱째, 청자의 질문이 있을 때는 이를 허락하고 이에 대답하도록 한다.

청자의 수가 많아서 설명의 시간이 오래 걸리는 것은 청자 중에 혹 모르는 점에 부딪친 사람이 있을지도 모르기 때문이다. 그런 사람이 있을 경우에는 그때그때 질문하도록 해서 모두가 충분히 이해하도록 설명을 계속할 필요가 있다.

여덟째, 분명하게 설명하고 구체적으로 이해시키기 위해 일람표나 도표, 도해, 회화, 사진, 영상물 등의 시각 자료를 활용한다.

아홉째, 분명하게 설명하고 구체적으로 이해시키기 위해 실연이나 동작을 통해 설명한다.

열째, 설명한 전체를 분명하게 하기 위해 주의 깊고 정확한 결론이나 요약을 준비한다.

2. 보고의 기능

보고는 관찰자, 경험자, 전문가가 어떤 사실이나 경험, 인상, 사실 등에 대해서 정리된 형식으로 정보를 제공하는 것을 말한다. 이런 점에서 설명과 보고는 차이점이 있으며 보고의 경우 일정한 형식과 필요한 내용이 요구될 때가 많다. 그래서 특정한 형식을 취하는 발표라고도 말할 수 있다. 구두에 의한 경우를 보고라 하고 문서에 의한 경우를 보고서라 일컫는 것이 보통이다.

보고의 목적은 어떤 정보를 알기 쉽게 일정 형식으로 정리해서 고지告知하는 것이다. 이러한 보고는 분명하게 사고하고, 바르게 추리하고, 내용을 논리적으로 추려서 정확하게 표현하고, 확실한 결론을 끌어내는 등의 능력, 다시 말해 사고력 증진으로의 스피치 훈련 형식으로 유효한 언어활동이다.

정해진 형식과 필요한 내용이 요구되는 보고에는 다음 요건을 충족시키지 않으면 안 된다.

첫째, 보고해야 할 사항에 대하여 분명히 이해하고 그것을 정확히 전한다.

각각의 문제에 대해 정확히 전해야 하며 추상적인 보고가 되지 않도록 한다.

둘째, 보고에 사용될 재료의 선택에 신중을 기한다.

특히 그 문제에 적절한가, 신뢰할 수 있는 것인가, 권위가 있는 것인가 어떤가 하는 점 등에 기준을 두고 주의 깊게 선택할 필요가 있다. 재료의 원천으로는 자기의 직접 관찰 문헌과 잡지, 경험자의 이야기, 전문가의 이야기, 관계 기관의 이야기 등을 들 수 있다.

셋째, 보고에 쓰이는 재료 그 자체는 사실이요 실제로 있었던 것, 채택하여 이야기할 가치가 있는 것, 구체적인 성질의 것이어야 한다.

넷째, 보고의 스피치 정리에 주의한다.

특히 기본적인 요건으로써 보고하는 문제에서 벗어나지 않도록 해야 하며 이야기가 부드럽게 이어지도록 연속과 통합이 있어야 하는데, 여기서는 적절한 요점을 택하고 몇 개의 단계로 나누어 그것을 적절한 순서로 배열해 이야기의 요점을 듣는 이가 쉽게 알아듣도록 한다.

또한 정확한 언어를 사용하며 문제 전체와의 관련이 명백하도록 각 요점이 정확하게 제 위치에 있어야 한다. 그리고 보고하는 도중 이야기에 클라이맥스가 있는 것처럼 최고의 절정에까지 흥미를 이끌어 가는 것도 중요하다.

다섯째, 권위자의 의견, 이론과 자신의 의견을 확실히 구별한다.

특히 정보의 출처가 그 방면의 전문가나 전문서인 경우 권위자의 의견이나 전문서에 기술된 이론과 자신의 의견을 혼합해서 보고해서는 안 된다는 것이다. 그럴 경우 그 방면에 정통한 청자가 보고자를 불신하게 되는 경우가 생기게 된다.

여섯째, 독단을 피하여 자기만의 생각으로 서둘러 결론을 내리지 않는다.

보고는 정보의 제공이 위주가 되므로 되도록 자신의 결론이나 판정을 피하고 정보나 사실을 바르게 전하는 것을 주로 하여 그것으로 청자가 판정을 내리도록 한다.

일곱째, 설득을 구할 뿐 동의나 의견의 일치를 요구하지 않는다.

단순히 정보의 제공만이 아닌 어떤 설득이 목적이 되는 보고의 경우 납득시키려는 태도가 필요하다. 청자를 무리하게 자신의 의견에 동의 또는 일치시키려고 하면 안 된다.

여덟째, 메모를 읽는 것이 아니라 상대방에게 말을 건네듯이 보고한다.

메모의 개요는 미리 읽어두고 발표 시에는 보지 않는 것이 좋다. 그러나 복잡한 숫자나 통계를 보고할 경우에는 청자의 확신을 위해서도 일부러 메모를 보면서 발표할 수 있다. 물론 자신의 권위를 위해 책임자로서 당연히 알고 있어야 하는 숫자는 외워 두는 것이 좋다.

아홉째, 보고자가 뜻하는 바나 내용이 상대편에게 정확하게 전달

될 수 있도록 쉬운 말로 분명하게 말한다.

열째, 도표, 도해, 그림, 사진, 영상, 실물 모형, 더 나아가서 슬라이드

나 녹음기 등 시청각 재료를 사용한다.

열한째, 도전적인 언사를 쓰지 않는다.

보고는 정보의 전달이 위주가 되므로 반대 의견에 대해 감

정적인 말이나 도전적인 말을 써서는 안 된다. 도전적인 말을

쓰면 신빙성 있는 자료나 정보를 제공해도 받아들여지지 않을

우려가 있다.

열둘째, 보고의 매듭으로서 필요하면 수집한 재료에서 당연히 생

각할 수 있는 결론, 그것에서 예상되는 전망, 문제의 해결

방안 등도 제시할 수 있도록 준비해 둔다.

제2장

설득과 환담

1. 설득의 기능

많은 사람은 설득이라는 것을 아주 과장해서 생각하는 경향이 있다. 일반적으로 설득이라는 것은 새삼스러운 특수한 상황에서 행해지는 것이라는 생각이 압도적이다. 그러나 자세히 관찰해 보면 우리 생활은 설득의 연속이라 해도 과언이 아니며 오히려 설득 속에 생활이 있다고 해도 좋을 정도이다.

설득이란 화자가 무엇인가를 호소하는 수단을 통해 말을 한 결과 청자가 화자의 의도대로 행동하게 하는 것이다. 즉 설득의 목적이란 한 마디로 '하게 한다'는 것이라 말할 수 있다. 다만 알았다는 지적인 이해만이 아니고 납득이 가도록 해야 하며 이 결과로 행동화가 시작되는데, 행동화에는 정신적인 것과 신체적인 것이 있다.

어떤 사상에 공명해서 그 사상에 대한 이론을 세우는 것은 정신적인 행동화라 할 수 있고 납득과 동시에 화자의 요구대로 움직여 주는 것은 신체적인 행동화가 병행하는 것이다. 이러한 행동화가 일어나는 것, 즉 화자가 바라는 어떤 행동을 청자가 행동하도록 하는 것이 설득의 목적인데 이때 납득이란 지적인 경우보다 정적인 경우가 더 많다.

설득은 상대편 마음에 호소해서 행동을 불러일으켜야 하므로 지적인 이해만으로는 효과가 없으며 대부분의 경우 상대편의 정서를 강하게 불러일으키지 않으면 안된다. 그러므로 설득에는 주로 언어가 쓰이지만 언어만으로는 그 힘이 미약하다.

앞부분에서 약간의 언급이 있었던 바와 같이 화자는 설득을 통해 자신이 바라던 대로 청자에게 행동을 시키며 청자가 자신에 대해 호의를 가지도록 유도할 수 있고 자신의 의견이나 행동에 대해서 찬성을 받거나 인정받을 수 있다. 또한 설득을 통해 자신과 동일한 의견이나 사고를 갖게 하고 동일한 행동을 유발시킨다. 그리고 상인이나 판매인인 경우에는 상품이나 봉사를 팔 수 있게 된다.

이렇게 상대편의 의지를 화자가 희망하는 방향으로 움직이게 하기 위해 화자는 설득을 통해 자극을 가하고 상대편 마음에 어떤 동기를 마련해 주어야 한다. 상대가 행동에의 확신을 갖지 못하고 있을 때 화자는 진위와 옳고 그름을 판단하는데 필요한 증거를 설명하여 보이고 상대가 행동하는 것에 대한 납득을 하지 못하는 경우는 그 의의에 대한 상대의 이해를 분명히 할 설명을 한다.

또한 명심해야 할 것은 인간의 행동은 지적으로 설득되기보다도 감정에 의해서 움직일 때가 많기 때문에 위에서 언급한 증거 제시나 분명한 설명만으로는 부족한 설득이 된다.

그러므로 효과적인 설득이 되기 위해서는 화자가 희망하는 행동을 보증할 충분한 증거가 있음을 보이고 그 행동은 청자의 판단에 의해서도 충분히 가치 있는 훌륭한 것이라는 점을 인정하도록 이끌어 그 행동에 청자를 몰아세울 수 있는 강력한 동기를 청자에게 주어야 한다.

더불어 그 행동을 개시하려고 결심하는 바에 의해 청자가 깊이 만족할 수 있도록 유도하여야 한다. 청자가 만족할 수 있다는 것은 납득이 되었을 경우를 말하는데 이 납득이라는 것은 상대편에 대해서 말의 내용이나 혹은 진리에 대한 이해를 만족시켜 감정적으로도 충분한 적응이 있어야 하는 것이다.

이렇게 해서 상대가 납득이 되면 그 사실이나 행동에 대해서 확신을 갖게 되는데, 이처럼 납득은 주로 설득의 결과로서 상대가 도달하는 심적 상태를 일컫는다. 경우에 따라서 납득은 지적인 이해가 뒤따르지 못할 때도 있으며 의논에 의해 상대를 논파論破할 수는 있어도 상대를 납득시키기는 그리쉽지 않다.

아리스토텔레스[B.C.384~322]는 그의 저서 『레토릭』에서 세 가지의 설득 방법에 대해 언급하였는데 첫째는 화자의 개성에 의존하는 것이요, 둘째는 청중의 심경을 일정한 방향으로 모아놓는 것이요, 셋째는 스피치에 의한 확실한 증명이라고 하였다.

또한 설득을 주로 한 스피치의 특징에 대해 로버트 올리버[Robert T. Oliver]는 주의, 시사, 증명의 3단계로 그 구조를 대별하고 있으나 앨런 먼로[Alan H. Monroe]는 이보다는 좀 더 세분해 5단계로 그 구조를 설명하고 있다.

첫째, 화자에 대해 청자가 취하고 있는 무관심한 태도나 냉담한 태도를 변화시켜 화자가 말하고자 하는 것에 청자의 강한 주의가 쏠리게 하는 것이다.

둘째, 청자의 특정한 필요를 명백히 해준다.

즉 청자가 현재의 상태를 변화시켜야 할 것인가의 여부를 청자에게 분명히 명시해 주는 것이다. 여기서 필요라는 것은 개인의 마음속에 무엇인가가 결핍되어 있음을 지적하고 이것이 구체적인 형태를 취해 외부에 표출될 때 모두가 요구되는 것이다.

셋째, 청자의 필요에 대해서 구체적인 제안을 하고 이 제안이 청자의 필요를 충족시킬 수 있는 가치 있는 제안임을 서술하는 것인데 이때 청자는 만족의 단계를 거친다.

이 세 번째의 단계에서 스피치의 내용은 일반적으로 제안을 제시하는 것, 제안에 대해서 설명하는 것, 제안의 근거에 관해서 논증하는 것, 사실의 경험에서 실례를 보이는 것, 반대론은 그 근거가 없음을 비판하는 것 등의 순서를 따르게 된다.

넷째, 구체적인 제안 적용의 결과에 대해 청자 자신이 구체적으로 상상할 수 있도록 한다.

즉, 청자가 화자의 구체적인 제안에 따른 경우에는 장차 어떤 바람직한 결과가 될 것인가에 대해 생생하게 상상할 수 있게 하는 것으로 이에는 세 가지 방법이 있다. 화자의 제안을 실행하지 않을 경우 청자의 미래 상태를 상상시키는 소극적인 방법, 화자의 제안을 실행하였을 경우 바람직한 청자의 미래 상태를 상상시키는 적극적인 방법, 소극적인 방법과 적극적인 방법을 모두 사용한 후 양쪽을 비교시키는 비교적인 방법이 그것이다.

다섯째, 화자가 행동화의 단계로서 청자가 구체적인 제안을 행동
화하도록 작용한다.

행동화라 하는 것은 청자가 특정 행동을 시작하도록 시키
기도 하고 그 행동의 시인을 표시하도록 단적으로 요구하는
것이다.

이 단계에서 스피치는 일반적으로 다음 단계를 거친다. 즉,
열렬한 호소·제안·주안점의 요약·권위자나 권위서로부터의
인용·주안점의 예시·화자 개인의 의지 표현의 단계이다.

이런 절차를 통해 목적을 수행하기 위해서 즉, 청자로 하여
금 화자가 의도한 행동을 유발시키기 위해 화자는 설득력 있
는 태도를 취해야 한다. 어떤 설득 방법을 쓰든지 간에 화자가
설득이라는 행위에 대해 열을 올리고 있다는 것은 듣는 이로
하여금 그만큼 감정을 불러일으킬 수 있는 계기가 되기 때문
이다. 이 설득력 있는 태도는 화자가 설득하려는 내용에 확신
이나 자신을 가지고 그것에 대한 충분한 지식 또는 정보를 가
지고 있음을 보여주는 것이다.

또한 그 태도에 있어서 화자의 외모는 엄숙한 빛을 띠어야
하며 적극적인 스피치로써 설득에 임해야 한다. 이와 더불어
화자의 음성·얼굴·표정·눈동자 등 전반적인 면에 걸쳐 설득

적인 자세로 일관하여야 함은 물론이다.

앞에서 언급한 화자의 설득적인 자세 가운데 화자의 음성과 관련된 조건에 있어서는 제임스 벤더James F. Bender가 여섯 가지를 명시한 바가 있다. 화자의 음성은 그의 성별·연령에 적합한 음성이어야 하고 적당한 공명을 동반하는 음성, 다양한 음색의 자연스러운 음성, 그리고 시의에 맞는 음성이어야 한다는 것이다.

이상에서 우리는 설득의 목적과 특징 그리고 설득이 이루어지는 단계와 설득력 있는 태도에 대해 살펴보았다. 그러면 이제 효과적인 설득 방법에는 어떤 것이 있는지 알아보기로 한다.

설득의 목적이 다양한 것처럼 설득의 방법에도 여러 가지가 있다. 그 여러 가지 방법 중 화자가 실제로 설득을 할 때는 그 목적에 맞는 적당한 방법을 택해야 한다. 앞에서 이미 언급한 바가 있지만 설득의 결과인 납득은 감정을 통해서 성립되는 경우가 많다. 그러므로 말만으로 설득해서는 그 효과가 크지 못하다.

때문에 화자는 청자의 감정에 호소할 수 있는 방법은 무엇이든지 다 채택해서 사용하게 되며 이럴 때 설득의 효과는 그만큼 더 커진다. 그러나 여기서는 구두 표현어에 의한 설득 방법만을 고려하고자 한다.

첫째, 이해에 호소해서 상대를 설득하는 방법이다.

이 방법은 특히 상대편이 사물을 판단함에 있어 지적인 이해에 의존하는 경향이 큰 사람일 경우 효과적인 방법이다.

이때는 논리학 분야에서 취급되어 온 추론의 방법 즉, 일반원칙에서 특수 사실을 연역하는 논법과 개개의 실례에서 일반원칙을 유도하여 귀납하는 방법, 그리고 원인과 결과의 필연적인 관계에서 추론하는 논법 등을 사용하여 어떤 이유나 근거의 정당성을 증명하여 상대에게 요구하는 것이 정당하다는 설득 이유를 검토하여 상대에게 보인다.

이때 이 이유를 뒷받침하고 강하게 수긍하게 하는 재료나 자료 등을 함께 상대에게 제시함이 효과적이다. 또한 자신의 요구 사항의 정당성을 보이는 한편 이에 대한 반대 의견은 그 근거가 없음을 명백히 밝혀 두는 것도 중요하다.

이것은 앞의 논법들이 적극적인 방법임에 비해 소극적인 방법이라 하겠다. 즉 자신의 의견이나 사고 이외의 것은 모두 부정확하고 근거가 없음으로 바르고 정확한 것은 오직 자신의 주장뿐이라는 논법이다.

이때 반대 의견이 근거 없음을 밝히는 과정에서 다음의 사실을 제시해 주는 것이 필요할 것이다. 자신의 주장과 상반되는 의견 및 사고는 중요하지 않다든가 당면하고 있는 과제와 관계가 없다는 등을 명백히 하고, 반대론이 잘못된 사실이나 정보에 근거를 두고 있음을 밝힌다. 또는 반대론의 이유 또는 논법 자체가 자기모순임을 증명하여 줄 수도 있다.

이렇게 자신이 주장하는 것에 대한 정당하고 확실한 이유를 제시하고 그에 대한 반대론이 있을 수 없다고 하는 논리가 뚜렷하면 청자는 필연적으로 설득되고 화자는 자신의 설득 목표를 이룩하게 될 것이다.

둘째, 첫째 방법이 화자의 입장에서 일방적으로 청자를 설득하는 방법임에 대하여 청자의 요구에 호소하여 상대를 설득하는 방법이다.

이 방법은 일방적인 설득 방법보다 더 설득력이 있고 효과적인 결과를 가져온다. 모든 청자는 각각의 입장에서 여러 가지 절실한 요구를 가지고 있으며 이러한 청자의 요구에 부응하는 설득은 더욱 쉽게 상대의 마음을 움직일 수 있다.

그러나 인간의 부류가 다양한 만큼 청자의 요구도 여러 갈래이고 그 요구 자체도 자연 그 절실함에 있어 차이가 있기 때문이다. 그러므로 화자의 입장에서는 이렇게 다양한 청자 요구의 종류에서 어느 정도의 공통점을 찾아내지 않으면 안 된다.

이에 대해 머레이Murray는 인간의 욕구를 심리적인 것과 생리적인 것으로 나누어 생각했으며 인간의 사회적인 욕구에서도 모험과 명예를 통해서 설득에 성공하는 예는 흔히 볼 수 있다고 했다.

일반적으로 인간이 요구하는 것의 공통점을 살펴보면 사회적으로 인정을 받고자 하는 것, 건강, 작품이나 사업에 성공하는 것, 인기의 상승, 아름다운 외모, 로맨스, 안전, 여가, 명예, 자존심 등이며 이런 항목은 모두 설득력을 불러일으키기에 충분한 것들이다.

또 설득을 시키려는 상대에 따라 그 개인의 요구를 빨리 포착하여 이에 적응하는 방법은 설득의 효과를 배가한다. 특히 이런 문제는 상품을 팔아야 하는 화자의 입장에서 더한층 고려가 필요하게 된다.

상품을 파는 기술도 상인에게는 중요한 설득 능력이기 때문이다. 이에 대하여 유명한 광고 업자 슈왑Schwab와 비티Beatty는 오랜 연구 끝에 다음 7가지 방법이 상품을 사게 하는 수단으로 유효하다고 발표한 바 있다. 그 7가지는 무엇인가를 제공하거나 판매 기간이나 판매 수량을 제한하는 것, 보증을 붙이거나 정가 이상의 가치가 상품에 있다는 점을 입증해 보이는 것, 또는 가격을 할인하여 판매하는 기간을 정하고 상품을 사지 않으면 손해라는 인상을 상대에게 심어주는 방법 등이다.

앞에서도 말한 바 있지만 이렇게 청자의 요구에 호소해서 설득하는 방법은 단순한 지적인 이해만으로 호소하는 설득 방법보다 더 빠르고 효과적으로 목적에 도달하게 한다.

중요한 문제는 설득시키려는 대상에게 지금 가장 절실한 요구 사항이 무엇인가를 재빨리 파악하는 일이다. 그런데 이 방법의 이러한 효과적인 면을 악용하는 경우가 종종 있다.

셋째, 화자의 인격으로 상대에게 호소하는 것이다.

이 방법은 상대를 덕으로 다스릴 수 있고 상대를 설득하기 충분한 인격이나 개성을 가진 화자에게 적용이 가능하다. 이때 화자가 갖출 수 있는 개성은 매우 다양하지만, 대체로 지식이 풍부하거나 무슨 일이든 공평무사할 때, 정직하고 솔직한 태도를 가지며 인간미가 있거나, 각 방면에서 신뢰받고 있는 등의 성질이 대표적인 것이다.

넷째, 같은 사실을 반복하여 호소함으로써 상대를 설득하는 방법이다.

다섯째, 각 방면의 정보, 즉 자기가 내세우는 이유를 뒷받침해 줄 수 있는 정보만 아니라 그 문제에 관련되는 여러 가지 정보를 여러 방면에서 수집하여 청자에게 이 모든 것을 제공하는 방법이다.

그렇게 하면 상대는 그 모든 정보에 입각하여 스스로 판단하고 결론을 내리게 된다.

여섯째, 추상화되기 쉬운 일반론보다 구체적인 실례를 서술하여 상대를 설득한다.

실례는 그 자체로서 박력을 띠어 청자의 주의를 끌고 감정을 빨리 유발할 수 있다.

일곱째, 환심을 사면서 상대의 마음을 즐겁게 할 수 있는 재료를 써서 상대를 설득하는 방법이다.

이 방법의 일환으로 화자는 기지나 유머를 쓰게 되는데 특히 유머는 심리적인 장면 전환을 하려 할 때 효과가 있다. 따라서 유머는 인간 사이의 언어생활에 있어서 빼놓을 수 없는 부분이며 이 유머를 이해할 수 있는 것은 근대인의 사회생활에 필수적인 조건이라 할 수 있다.

이러한 유머는 적절하고 재미있는 이야기를 하거나 과장된 표현, 변덕스러운 말, 비꼬는 말 또는 비교형용에 의해서 나타나고, 또 특정한 권위자나 옆사람을 슬쩍 찔러보거나, 자기자신을 야유하고 엄숙한 분위기를 웃음거리로 만들어버리는 등의 상황에서도 발생한다. 그리고 완곡한 표현을 사용함으로써 발생하기도 한다.

유머는 이러한 과정을 통해 발생하지만 기지는 의식적인 언어 기교에 의한 경우가 많다. 다시 말해서 기지는 일종의 언어적인 유희라고도 볼 수 있지만 이때 보다 지성적이고 세련된 맛을 풍겨야 한다.

여덟째, 권위자가 언급한 것이거나 권위서의 인용으로 상대에게 호소하는 방법이다.

이처럼 권위있는 사람의 글이나 저서는 청자의 주의를 끌고 화자 의견에 빨리 수긍하게 만들기도 하기 때문이다.

아홉째, 전체가 기울고 있는 경향이나 여론의 방향을 제시하면서 상대를 설득하면 상대를 쉽게 납득시킬 수 있다.

열째, 청자의 인정에 호소하는 방법이다.

인간애에 입각하여 청자의 인성이나 인간성에 호소하는 방법이 설득을 쉽게 한다.

2. 환담의 기능

쾌락은 인간이 바라는 가장 평범한 것 중의 하나이다. 그러므로 연사는 이것을 충족시킬 수 있는 환담歡談을 이따금 이야기 속에 포함할 수 있어야 한다. 다만 이 요령을 터득하려면 어느 정도의 실제적인 경험이 절대로 필요하다.

여기서 주의할 것은 환담을 위해서 스피치는 꼭 재미있어야 한다는 흥미 본위의 그릇된 관념에 대한 주의 환기이다. 대체로 환담은 소설적인 서술이나 호기심을 끄는 경험담의 진술에서 발생된다. 경험담은 여행가에게서 들을 수도 있고 특이한 인물에 대한 뒷공론에 관한 것일 수도 있다. 이것은 모두 환담의 기본을 형성한다.

대화를 재미있게 나눌 수 있는 것이면 모두 환담의 재료가 될 수 있다. 그러나 이것은 주제에 대한 기본적인 이해를 촉구하는 것이 아니고 단지 기분 전환의 의의를 지닐 뿐이다.

생생한 서술이나 진문의 선택을 위한 상술은 여기서 생략한다. 유머가 모든 환담의 기본이 되는 요소가 아니라 하더라도 확실히 중요한 요소임에는 틀림이 없다. 특히 유머나 소설적 서술을 통한 것이든 혹은 그렇지 않든 간에 환담은 매우 진지한 목적을 갖는 스피치에서 뺄 수 없는 요소이다.

연사의 연설에 앞서 진행된 순서가 너무 길어서 지친 청중은 그 연사의 진지한 연설에 따른 풍족한 환담을 바랄지도 모른다. 그러므로 환담을 토대로 한 정황에서만 환담을 쓸 것이 아니라 좀 더 넓은 적용을 꾀해 융통성을 잃지 않도록 해야 하겠다.

넓은 뜻의 환담은 결국 유머와 동일한 것으로 과장도 그 한 예가 된다. 유머는 환담의 주된 근원이고 웃음을 터뜨리는 근원이 되기도 한다. 그러면 유머에 대해 자세히 살펴보기로 한다.

스피치에는 유머를 적절히 삽입하는 것이 필요하다. 유머는 엷은 미소에서 갑작스러운 홍소哄笑까지 자아낼 수 있게 그 폭이 넓은 것이지만, 청자들이 왁자지껄하게 웃게 해서는 안 되고 최소한 그들이 미소를 잃지 않도록 선을 유지해야 한다.

여러 방법이 있으나 기본적인 것은 화자 쪽에서의 기분 전환하는 기질과 장면의 부조화를 보고 묘사하는 능력이다. 정객이나 종교인, 그리고 휴양 중인 사람은 심각한 경우가 많아 웬만해서는 별로 웃지 않는다. 더욱 유희를 할 때라도 모든 것이 정상적이면 웃게 되지 않는다. 그러나 유희에서도 규칙을 위반하면 우리를 웃긴다.

큰 말을 탄 사람은 우습지 않으나 큰 사람이 당나귀를 타고 가면 등鐙자가 땅에 닿을 듯하여 우리를 웃긴다.

화자는 실제 이것을 어떻게 적응시켜 나갈 것인가. 유머 형태를 항목별로 살펴보면 다음과 같다.

① 어떤 사실을 과장되게 표현하면 그만큼 우스꽝스럽고 동시에 여전히 그 사실은 사실대로 바탕을 드러낸다.

② 이중의 의미를 갖는 어휘의 구사나 혹은 동음이의어의 활용이 웃음을 자아낸다.

③ 사람들은 빈정대기를 좋아하므로 권위나 위엄의 풍자 등에 대해 웃는다.

④ 반대어의 활용이다. 이것은 어떤 사실을 말함에 있어 반대 또는 대조적인 의미를 암시하는 것을 뜻한다.

⑤ 해학적인 면으로서 해학의 기본적인 특성은 우스꽝스러운 일을 진지하게 다루든가 진지한 일을 우스꽝스럽게 처리하는 것이다.

⑥ 청중으로 하여금 화자가 말하고 있는 것이 정상적이라고 믿게 한 뒤에 그 반대되는 것을 말하는 예상 밖의 뜻바꿈이다.

⑦ 사람의 특이한 습관으로 일관되지 못한 사람을 말하든가 사람의 어떤 특성을 예증하는 것이다.

⑧ 희극을 들 수 있다. 인간 웃음의 원인을 파헤쳐 보려는 시도는 과거에도 누차 행해진 바 있으나 아직은 이렇다 할 만족스러운 주장을 찾을 수 없다. 그러나 웃음이 담백한 즐거움의

표시라는 데에는 다른 뜻이 없다.

예리하고 때로는 신랄한 기지에서부터 떠들썩한 익살과 경솔한 모든 짓거리, 형태, 그리고 농담류에 이르기까지 코미디는 광역의 표현을 포괄한다. 가령, 농담의 정의만 보더라도 농담은 청자의 예상을 뒤바꾸는 맺음말로 끝내는 이야기인데 실제는 이 맺음말이 예상의 맺음보다 일층 흥미가 있는 것이다.

⑨ 동정이다. 불행을 겪고 있는 사람을 또는 그러한 사람의 어려운 사정을 알아주고 마음 아파하는 것 또는 그런 마음으로 도와주는 것을 뜻한다.

⑩ 기상천외의 기발한 말을 들 수 있다.

⑪ 역설로서 언뜻 보기에 모순되거나 불합리한 것 같지만 실제는 올바른 주장이요 설명이다. "서두르면 늦어진다. 천천히 서둘러라"는 하나의 좋은 예가 될 것이다.

⑫ 방언이나 음성 표현의 모방, 각종 흉내 등을 가리킨다.

⑬ 논리적 관련이 전혀 없는 부조화나 풍자성의 동문서답의 양식

⑭ 불손한 언행을 들 수 있다. 어떤 권위에 대한 저항이나 모독은 사람들 눈살을 찌푸리게 하고 비난이나 징계를 받기 쉽다. 그러나 사회 규약이나 법률의 권위를 허용하는 범위 안에서 비판하는 일은 환담의 소스가 될 수 있다.

이상은 먼로Monroe와 딕키Dickey의 분류를 중심으로 뽑은 것이다. 우습게 표현할 수 있는 언행의 모순은 천태만상이지만 그중 몇 가지 실례를 항목별로 분류해 본 것에 지나지 않는다.

대부분의 유머는 우리들 생활 주변의 실상 속에 있는 대조·불합리·모순을 파헤치는 능력에 따라 그 양상이 달라진다.

우스운 일을 잘 관찰한다. 이따금 말하기에 앞서 발생하기 쉬운 언어나 동작에 따른 일련의 사실은 자연스런 유머 발생에 알맞은 조건을 부여한다. 특히 말을 너무 진지하게 해서는 안 된다. 그러나 상대를 웃기려면 화자가 웃어서는 안 되고 상대를 울리려면 화자가 울어야 한다.

그럼 환담의 구성을 알아본다. 환담의 구성은 먼저 청자들의 주의를 끄는 단계인 동기 부여가 중요하다는 사실이 고려되어야 한다. 청자들은 자기가 당면한 문제는 알고자 하나 확실한 설명과 의견을 듣고자 하지는 않는다. 그렇다면 청자들의 주의를 충분히 끌며 그들의 흥을 계속 돋우어 나가야 한다. 여기 두 가지 방법이 있다.

첫째, 요점의 방식

요점의 방식으로 실례·이야기·일화·유머 있는 비교 등 일련의 항목이 서로 빠르게 꼬리를 이어가는 방법이다. 그러면서 하나의 중심 아이디어를 싸고도는 것인데 이때는 이야기·일화·실례를 말하면서 환담의 각 항목을 잇는 주요 아이디어나 각 항목에 의해 표현된 관점을 지적해 주는 것이 필요하다.

또한 첨가되는 일련의 이야기, 일화, 실례 등이 뒤따르고 각 항목은 중심점을 확충하거나 아니면 명백히 해 주어야 한다. 그리고 흥미나 유머가 균형을 유지하도록 각 항목을 잘 조정한다. 재미있는 한 군데만 쏠리게 하지 말고 특히 흥미나 유머가 점차 감퇴하지 않도록 주의해야 한다.

그래서 끝을 장식하기 위해 유머 있는 일화는 되도록 끝으로 보내는 것이 좋다. 이야기를 끝맺을 때는 분명히 밝혀야 할 중심점을 재술함으로써 끝을 맺는다. 또 여기서 화자의 취향이 포함되는 어떤 정감을 나타내면 청자들의 머릿속에 여운을 남길 수가 있다.

이 같은 방법으로 환담을 진전시켜 나가는 것은 청자에게 웃음만을 주자는 것이 아니고, 웃음도 주면서 동시에 사람들이 잘 기억할 수 있는 일정한 사상까지도 청중의 마음속에 그려지도록 하자는 것이다.

둘째, 해학의 방식

해학의 방식이다. 이 방법을 쓸 때 청중의 심리적인 방법을 고려하는 한 주의의 단계만이 포함되지만 환담의 구조상 여러 단계를 거치게 된다. 그 첫 번째 단계는 주의의 단계이다. 환담을 시작할 때 특수한 경우를 말하거나 최근의 일화를 들려주거나 농담을 던져줌으로써 상대의 주의를 끈다.

두 번째 단계는 필요와 충족의 단계로서 진지한 문제를 제시하고 이 문제에 대해 그 해석을 재미있게 하거나, 이에 관계되는 가공적인 이야기를 상술, 또는 대비에 의해 그 진지성을 과장한 후, 이 문제를 해결할 재미있는 방법을 진술함으로써 청자를 충족시킨다. 이때 중요한 것은 부조화를 확대하기 위해 유머 있는 일화 등을 잘 융합하는 것이다.

세 번째 단계는 구상화의 단계이다. 즉, 과장된 사실이 첨가된 고도의 불합리를 진전시켜 청자의 마음에 그것이 역력히 떠오르게 하는 단계이다.

네 번째는 마지막 단계인 행동의 단계이다. 화자는 이야기 줄거리의 반어反語를 설명하면서 그 줄거리의 급소를 요약하고 행위의 과대한 요구를 익살맞게 표현하는 동시에 순간적으로 환담을 끝낸다. 이때 요약은 재미있어야 한다.

어떠한 방법을 쓰든지 간에 환담에 임하는 화자가 꼭 기억해야 할 것은 너무 길게 말하지 않는다는 점이다. 길게 말하는 것처럼 유머를 깨는 일은 없다. 잠깐 사이에 간단한 요점을 말

하는 것이 좋다. 또 화자는 이쪽의 유머가 재미있는 것임을 확
신하면서 자신감을 가지고 환담에 임해야 한다.

제3부

일반 사회 및
기업 현장의 화법

제1장

설명은 어떤 방법으로 하나

1. 설명은 어떤 것인가

설명이란 모르는 사실이나 새로운 사실을 남에게 자세히 알려주어 그가 이해하게끔 돕는 일이다.

어떤 정보를 제공하는 스피치는 청자의 마음속에 아직 명확치 않은 것을 분명히 해 주는 것이 목적이다. 그러므로 설명이 주로 쓰인다. 자신의 생각을 여러 각도로 풀이하고, 청자가 아직 잘 모르는 것을 잘 알게 하고, 용어·사실·입장·신념·과정 등을 청자에게 알리는 것이다. 모든 이야기체의 화법을 써서 경험·사건·사실을 자세히 말하는 것도 설명이고 모든 묘사 형식의 화법을 써서 자기는 어떻게 보았고, 어떻게 듣고, 어떻게 느꼈는가를 낱낱이 그리듯이 말하는 것도 설명이다.

이러한 설명이 정보를 주는 스피치에서는 기본이 된다. 설명은 일상 생활 중 여러 가지 목적에 쓰인다. 즉 설명은 주로 다음과 같은 것을 해설하는 데 쓰인다.

① 어떤 말의 뜻에 대한 설명

가령 '방송이란 무엇인가?'와 같이 여러 가지 말의 개념이나 정의를 내리는 데 쓰인다.

② 저서나 사상에 대한 설명

'찰스 다윈의 진화론이란?' 또는 '애덤 스미스의 국부론이란?' 하고 어떤 저술을 해설하든지, 아니면 '윌슨Thomas. W. Wilson, 1856~1924이 말한 민족 자결주의란?' 하고 어떤 사람이 말한 주의·주장을 해설하는 데 쓰인다.

③ 순서와 경과에 대한 설명

라디오가 우리들 귀에 들리기까지의 과정이나 어떤 단체가 창립되기까지의 경과 등을 말하는 데 쓰인다.

④ 방법에 대한 설명

약을 먹을 때의 용법이나 회의 진행 방법을 말할 때도 설명이 필요하다.

⑤ 사건에 대한 설명

갑자기 일어난 사건이나 월드컵 축구 전적을 말할 때도 설명이 쓰인다. 각종 재해·사고도 같다.

⑥ 사실에 대한 설명

견문기·여행기·체험기 또는 로맨스 같은 이야기를 할 때도 설명의 방법으로 말한다. 그리고 이 설명 방식을 쓰는 경우는 많다. 강의·강연·보고·뉴스·해설·발표 등에서 많이 쓰인다.

이처럼 설명은 모든 종류의 이야기에 필요하다. 하나의 장
치가 어떻게 움직이는지 하나의 조직체가 어떻게 돌아가는지
와 같은 사실을 이야기할 때 설명이 필요하다. 바람직한 계획
이나 해결책도 설명으로 나타낸다.

설명은 개념을 명백히 밝히고 거기에 필요한 사항을 부연
하는 것이다. 설명이란 하나의 사실 또는 전체를 주의 깊게 세
분해서 서술하는 것, 또는 그 세부를 묘사하거나 결합해서 그
낱낱의 세부 사항의 상호 관계를 분명히 하는 것을 뜻한다. 때
로는 명확을 기하기 위해서 비교하는 것을 의미하기도 한다.
결국 설명은 서술·비교·분류 등 여러 가지 방법을 포함하는
폭넓은 과정이라는 것을 알 수 있다.

2. 설명을 효과적으로 하는 법

1) 정의식

이것은 가장 많이 쓰이는 설명의 방법이다. 그러나 이것도
청자에 따라서 방법을 바꾸지 않으면 효과가 없다. 잘못하면

똑같은 것을 되풀이할 수도 있다. 말을 바꾼다는 것과 말의 정의를 내린다는 것은 다르다.

가령, 애정을 사랑이라고 말하는 것은 말을 쉽게 바꾼 것이지 애정이 사랑이라는 말로 설명되지는 않는다. 이 정의식 설명에도 몇 가지 종류가 있다. 먼저 사랑이란 자기가 좋아하는 것에 마음이 쏠려 그것을 갖고 싶어 하는 감정과 또 그 감정으로 해서 일어나는 행동이다, 처럼 사전에서 풀이해 놓은 식으로 설명하는 경우가 있다.

이 군과 김 양이 처음 만난 것은 김 선생님의 중매로 지난봄의 일이었습니다. 그 후 꾸준히 두 사람의 교제가 있었고 이번 가을에 양가 부모님의 허락을 받아 가까운 일가 여러분과 오늘 이 자리에서 약혼 피로연을 가지게 된 것입니다.

봄에서 가을을 말하는 것으로 시간의 순서를 설명하는 것이 가능하다. 생물에 관한 것이라면 발육의 순서로, 어떤 사건이라면 시간적인 경과에 따라 설명해 나간다.

집의 구조는 공간적 배열에 따라 설명한다.

우리 집은 전통식 구조입니다. 기역자 집으로 안방과 마루 건넌

방 부엌은 안방에 붙어 있고 부엌에 찬방이 잇달아 있습니다.

그리고, 일반적 원칙이나 전제조건 혹은 명제에서 비롯하여, 특수한 일이나 구체적인 것으로 발전시켜 나가는 방법이 있다. 모든 연역적^{演繹的} 설명이 이것이다. 이러한 원인이 있었기 때문에 이러한 결과가 생겼다는 식으로 설명해 나간다.

2) 비교식

비교는 상대방이 잘 알고 있는 어떤 실례나 사실에 견주어 설명하는 것이다. "비교하자면 무엇 무엇과 같은 것이다"가 이에 해당한다.

가필드^{James A. Garfield, 1831~1881, 미국 20대 대통령}는 어떤 가치 있는 일을 달성하려면 장시간이 필요하다는 것을 강조하기 위해 다음과 같은 함축성 있는 비교를 했다.

신은 하나의 아름드리나무를 만들 때 100년을 소비한다. 그러나 한 개의 호박을 만들 때는 불과 두 달 정도밖에 소비하지 않는다.

가필드는 자기가 하려고 하는 일이 아름드리나무와 같은 것이라며, 비교의 방법을 사용해 자신에게 신뢰와 힘을 달라고 호소하고 있다. 수사학의 비유법에 해당한다.

무엇인가를 비교하면서 설명하는 것은 흔히 쓰이는 방법이다. 이를테면 우리나라의 선거 제도를 말할 때 다른 나라의 선거 제도와 비교해서 같은 점과 다른 점을 설명하면 듣는 쪽의 사람은 선거 제도에 관해서 한층 효과적으로 이해할 수가 있다.

이렇듯 비교에는 그 기준에 따라 같은 점을 비교할 때와 다른 점을 비교할 때의 두 가지 방법이 있다. 후자를 특히 대조라 한다.

3) 실례식

실례實例나 사실을 보이고 설명한다. 이 실례는 청자가 이쪽의 아이디어를 증명하고 개개의 사례를 설명해 주었으면 하고 바라고 있을 때 가장 좋은 해답이다. 사실을 이용해서 말한다는 것은 보통 통계나 다른 자료와 함께 실례를 든다는 것을 의미한다.

만일 독자가 어떤 스피치에서 예를 많이 들면 그만큼 그 이야기는 보다 훌륭하게 전개할 수가 있을 것이다.

'예'라는 것은 실제에 일어났던 또는 존재하고 있는 무엇에 대해 말하는 것으로 어떤 사건 일 상황 장소 인물 또는 특정의 사실을 말하는 것이다.

스피치를 전개하면서,

"한 예를 들자면……"

"예를 들면……"

"이 예로서는……"

"이에 더 명확한 것을 말한다면……"

"그럼 개개의 경우에 대해 말해 보겠습니다……"

등으로 좀 더 구체적 설명을 가한다. 개인적 경험이나 견문, 독서 같은 데서 실감 나는 사례를 들 수가 있다.

하나의 아이디어를 발전시켜 나갈 때 하나나 둘의 예를 아주 상세하게 설명한다. 많은 예를 비교적 간단하고 명확하게 이용하는 것이 효과적이다. 만일 청자가 이쪽의 설명에 대해 반신반의하는 듯한 느낌이 들 때는 많은 예를 포개놓는 편이 상대방을 이해시키는 데 훨씬 수월하다.

나라를 사랑하고 겨레를 사랑한 선열들이 우리나라엔 많았습니다. 만주 하얼빈 역두에서 이등박문을 향해 육혈포를 쏜 안중근 의사, 상해 홍구공원에서 사제 폭탄을 던진 윤봉길 의사 그리고 또……

이런 경우에는 되도록 애국·애족한 실존 인물을 많이 들면 들수록 그 정신이 깊이 이해되는 것이다.

예를 드는 데도 일반적인 것과 특정적인 것이 있다. 공장 시설의 안전 관리를 강조할 때,

> 우리 공장 내의 사고 기록은 점점 많아지고 있다. 그중 대부분의 사고는 현장의 기계실과 용접실에서 났다. 이 사고의 몇 사건을 자세히 살펴보면 사건 발생 원인을 명확히 알게 될 것이다.

이것은 일반적인 예의 제시가 될 것이고 이를 좀 더 구체적으로 설명하려면 특정의 예를 들어야 한다.

> 예를 들면 요전번 토요일 기계실에서 김 씨가 손가락을 잘리었고 또 화요일에는 큰 압축기에서 사고가 났지만 그것은 미리 예방할 수 있었던 일입니다. 그때……

실례식에서 하나 더 보태야 할 것이 있다면 실연實演이 있다. 가령 카메라를 다루는 법을 가르쳐 주는 사람은 실제로 해 보이면서 설명해야 한다.

4) 증언식

필요에 따라 충분한 증거를 보이거나 또는 논증을 통해 설명하는 방법이다. 증명식에도 여러 가지 유형이 있다. 다음은 여론을 인용한 증명이다.

일찍이 패트릭 헨리도 '자유 아니면 죽음을 달라'고 외친 일이 있습니다마는 자유의 고귀함은 예나 지금이나 다를 바가 없습니다.

정국이 하루바삐 안정되어야 합니다. 이것은 비단 저 개인의 생각만은 아닙니다. 모든 시민의 여론이 한결같이 정국의 안정을 바라고 있는 것이 현 실정입니다.

다음은 어떤 권위를 인용한 증명이다.

씨 없는 과일을 처음 생각한 분이 바로 우장춘禹長春 박사입니다. 우 박사는 육종학의 권위자입니다. 직접 씨 없는 수박을 생산하는 개가를 올렸습니다. 그렇다면 씨 없는 사과라고 그 생산이 불가능할 리는 없을 줄 압니다.

5) 통계식

숫자나 통계를 써서 설명한다.

> 오늘 내 심장은 10만 3천 번 뛰었다. 내 피는 1억 6천8백만 마일의
> 거리를 달렸다. 나는 4천8백 개의 단어를 말했고 주요 근육을 750번
> 움직였다. 나는 7백만 개의 뇌세포를 운동시켰다. 나는 피곤하다.

유명한 희극 배우인 밥 호프Bob Hope, 1904~?는 자기가 피곤한
사실을 이렇게 익살스럽게 말했다. 숫자와 통계를 써서 더없
이 피곤함을 강조한 것이다. 통계는 아이디어를 한층 구체적
으로 발전시키기 위해 숫자를 이용하는 것이다. 숫자나 통계
를 이용할 때는 그 출처를 밝힐 수 있게 구석구석 상세히 조사
해야 한다.

가령, 2000년 이후 증가하고 있는 어떤 사실을 알려주고
싶을 때는 2001년, 2002년, 2003년의 숫자를 알려야 한다. 그
리고 증가한 비율을 계상計上해서 그 숫자가 무엇을 의미하는
가를 알려 주어야 한다. 숫자와 통계를 쓸 경우에는 무엇보다
도 정확해야 한다.

그런데 자기가 보이는 숫자나 통계가 정확한 것임을 청중
에게 알리지 않는 화자가 왕왕 있다. 그러나 되도록 이 같은 점

을 밝히는 편이 좋다. 그리고 숫자가 엄청나게 큰 것이면 되도록 대체적인 선에서 자르는 것이 좋다. 1천26억 8천9백만 2천98원 같은 숫자라고 하면 대충 1천26억 8천만 원에서 끊어버리는 것이 청자의 기억을 위해 바람직하다.

6) 시청각식

청자의 시청각에 호소하는 방법이다. 이것은 최근에 와서 많이 연구되고 또 많이 쓰인다. 여기에 쓰이는 수단으로는 도표, 실연 현장, 슬라이드, 사진, 녹음, 견본, 모형, 지도, 영상, 영화 등이 있다.

7) 반복식

청자에게 의사전달을 보다 정확하게 하기 위하여 다음과 같은 반복의 형식에 따르면 효과를 거둘 수 있다.

요점과 요약을 차례대로 반복한다.

자기의 말을 표어캐치프레이즈로 바꿔 반복한다.

제안, 새로운 문제점, 해결안, 문제의 결론 등을 요령 있게 반복한다.

설명은 스피치의 가장 큰 기능이다. 따라서 올바르고 바람직하게 설명할 수 있어야 한다. 설명을 잘하려면

① 설명할 내용을 충분히 알고 있어야 한다.

② 설명할 순서를 알고 자연스럽게 설명이 되도록 한다.

③ 설명을 하기 위해서는 먼저 설명할 것에 대한 사전 지식이나 정보를 충분히 가지고 있어야 한다.

④ 경험을 풍부하게 한다. 부모님이나 선생님, 또는 그 방면에 경험이 많은 사람에게서 이야기를 듣는다.

⑤ 신문·잡지·참고서 등을 많이 읽는다.

⑥ 매사를 자세히 관찰하고, 착실히 생각하며, 주의 깊게 읽고 머리를 써서 남과 이야기한 것을 모두 자기 것으로 만드는 등의 태도와 습관을 기르는 것이 좋다.

⑦ 설명 방법을 정하고 설명할 내용을 잘 알고 있다. 그렇더라도 설명의 순서가 타당치 못하면 설명의 효과가 떨어지고 만다. 때로는 오해도 살 수가 있다.

다음은 설명을 단계적으로 하는 방법을 요약해 본 것이다.

① 순서를 짜서 한 번에 하나의 사실을 이해시킨다.

② 한 가지 사실이 이해된 다음 다른 설명으로 옮겨 간다.

③ 말하려는 것을 적당히 되풀이한다.

④ 상대방이 잘 알아들을 말만 골라서 쓴다.

⑤ 상대방이 잘 알고 있는 실례와 연관 지어 말한다.

⑥ 설명하려는 것과 비슷한 예를 들어 비교하고 대조한다.

⑦ 청자의 질문을 그때그때 처리한다.

⑧ 분명하게 설명하고 구체적으로 이해시키기 위해서는 어떤 일람표나 도표를 활용한다.

⑨ 설명의 전체를 분명히 하기 위해 끝으로 주의 깊게 정확한 결론이나 요약을 준비한다.

제2장

브리핑과 보고의 화법

한 직원이 그의 상사에게 도표 등을 이용하여 간략히 보고하는 형식의 것을 브리핑이라 한다. 브리핑은 보고의 테두리 안에 들어간다. 보고라고 하면 어떤 경위 경험 인상 사실 그밖에 이와 유사한 것에 대해 책임자, 관찰자, 경험자, 실험자, 견문자가 정리된 형식으로 정보를 제공하는 것이다.

따라서 보고는 설명과 달리 일정한 형식과 필요한 내용 등을 요구하는 경우가 많다. 특정한 형식을 포함한 발표라고도 할 수 있다. 구두에 의한 경우를 다만 보고라 하고 문서에 의하면 보고서라 하는 것이 보통이다.

보고라는 언어활동은 학교 교육에서도 이따금 이용된다. 무엇을 조사하기 위해 책을 읽고 전문가의 이야기를 듣는다. 이것을 모두 정리하여 교실에서 정보로 발표한다. 이것이 모두 보고이다. 군부의 상급 부대 지휘관이 하급 부대를 시찰할 때 항상 브리핑을 받는 것 또한 하나의 상례이다.

보고는 말하기 훈련의 방식으로도 대단히 효과적인 언어

활동이다. 분명히 생각하고 올바로 추리해 내용을 논리적으로 정리함으로써 정확하게 표현하고 확실한 결론을 내리는 능력, 바꾸어 말하면 생각을 정리해서 말하는 능력을 키우는 데 이 보고 형식이 이용된다.

1. 보고의 요건

사회생활에서, 특히 직장인은 각기 자기 직업 분야에서 보고를 하지 않으면 안 될 기회가 많다. 보고를 잘하려면 다음 요건을 갖추어야 한다.

1) 보고할 사항을 분명히 이해하고 정확히 전해야 한다.

각 문제에 대해 정확히 전하지 못하는 보고자가 의외로 많다. 그들은 특히 추상적으로 말한다. "자모회 기부에 대해 여러분의 의견을 들었기 때문에 그것을 말씀드리려고 합니다"라고 하는 것은 추상적이다. 좀 더 구체적으로 문제점을 분명히 지적해서 말한다.

개교 50주년 기념사업 비용으로 천만 원의 기부금을 자모회에서 모을 계획입니다. 이번 기부금을 모으는 게 자모회의 임무로 타당한지 아닌지를 판단하기 위해 여러분의 의견을 들었습니다. 이 의견을 정리해서 보고하겠습니다.

2) 보고에 쓰일 자료는 다음 기준으로 선택한다.

① 모든 자료는 직접 관찰하거나 책과 잡지, 경험자나 전문가 또는 관계기관에서 얻어야 한다.
② 그 문제에 있어 아주 적절한가.
③ 신뢰를 얻을 수 있는가.
④ 권위가 있는 것인가.
⑤ 사실이거나 실제로 있었는가.
⑥ 예증으로 사용되는 것인가.
⑦ 구체적인 것인가.

3) 보고의 내용을 정리 개요를 미리 만든다.

기본적 요건으로 다음 사실이 고려된다. 이것을 바탕으로 하여 미리 개요를 만들어 놓는다.

① 문제로부터 이탈하지 말 것. 이야기에 통일성이 있어야 한다.

② 연속되는 가운데 요점이 있을 것. 적절한 요점을 선택하여 합리적 순서로 배열한다.

③ 이야기에 클라이맥스가 있게 구성할 것. 클라이맥스 상태에 이르기까지 흥미를 끌어가야 한다.

④ 각 요점에 정확한 말을 쓸 것. 보고의 성질상 특히 정확하고 확실한 어휘를 선택하도록 한다.

4) 권위자의 이론과 자기 이론을 구별한다.

정보의 출처는 그 방면의 전문가나 전문 서적일 경우가 보통이다. 그때 권위자의 의견이나 전문서에 쓰여 있는 이론과 자기 의견을 혼동하여 보고하는 일이 많다. 이런 점을 분명히 구별해서 보고하지 않으면 그 방면에 정통한 청자는 보고자를 신용하지 못하게 된다.

5) 독단을 피한다.

보고는 정보의 제공이 주가 되므로 되도록 자기 결론이나 판단을 피하고 정보와 사실만 말해 그것으로 청자가 판단하도록 한다.

6) 설득할 뿐 의견의 일치를 요구하지 않는다.

보고는 정보의 제공만으로써 끝나는 것이 아니라 설득을 행해야 한다. 그러나 어떤 화자는 설득은 하지 않고 청자로 하여금 무조건 자기 의견에 동의하게 하려 드는 사람이 있다.

7) 보고서는 읽기보다 말하듯이 발표한다.

보고 개요는 미리 잘 읽어 두지만 발표할 때는 되도록 보지 않는다. 다만 정교한 숫자를 보고할 때는 일부러 메모해 둔 것을 꺼내어 읽어주면 청자에게 정확하다는 느낌을 준다. 반대로 전문가나 책임자가 당연히 알고 있어야 할 숫자인데 메모를 보고 읽으면 그 권위를 의심받는다.

8) 쉬운 말로 분명히 말하도록 한다.

쉬운 말이란 정도가 낮은 내용의 말이 아니다. 이쪽의 의도나 내용이 상대방에게 정확히 전달될 수 있는 말이라는 뜻이다. 정확히 나타낸다는 것과 정확히 전해진다는 것이 반드시 일치하지는 않는다.

9) 공격적인 말은 쓰지 않는다.

보고는 정보의 전달이 주가 되므로 틀린 의견에 대해서도 감정적이거나 공격적인 말을 써서는 안 된다. 만일 공격적인 말을 쓰게 되면 신뢰받는 자료를 제공해도 그대로 믿어 주지 않을 수 있다.

10) 도표와 차트 실물을 보이면서 보고한다.

귀보다도 눈이 받아들이는 힘이 더 크다. 시각 자료나 청각 자료를 써서 하는 보고가 최근에 와서는 빈번해졌다. 단지 사진이나 도표보다 슬라이드나 녹음기, 영상물을 써서 하는 보고가 훨씬 많아졌다.

11) 보고를 끝낼 때 다음 사항을 잊으면 안 된다.

① 모인 정보로부터 추론된 결론
② 예상되는 새로운 사태나 문제에 대한 언급
③ 문제 해결안의 제시

2. 효과적인 보고 방법

보고의 능력을 기르는 데는 효과적인 연습이 중요하다. 여기에는 다음과 같은 연습 계획이 필요하다.

1) 보고하려는 문제의 범위

익숙지 못한 보고자일수록 보고하려는 바의 문제나 자료에서 일반적인 것과 구체적인 것을 제대로 분간하지 못한다.

가령 율곡 이이에 대해 보고하려 한다면 흔히 자료를 수집할 때, '율곡 이이의 생애'나 '율곡 이이의 학문'으로 단정하기 쉽다. 그런 자료를 수집하는 데는 많은 시간과 노력이 필요하다. 그보다는 '율곡 이이의 소년 시절'이나 '율곡 이이의 향약鄕約'으로 한정한다면 보고의 준비를 훨씬 쉽게 할 수 있다.

연습으로 각기 좋아하는 화제를 뽑아 구체적으로 무엇을 조사할 것인가 어떤 자료를 어떻게 쓸 것인가를 생각하면서 계속 화제를 한정해 나간다.

2) 보고를 잘하려는 준비

보고를 잘하려면 여러 가지 방법이 있으나 그중 두 가지만 예로 든다.

첫째는 보고서를 실제로 만들어서 비평해 본다. 자유로 준비해서 가령 10분 정도 발표한다. 그것을 녹음하거나 남에게 들려주어 비평을 듣는다. 좋은 보고라는 것을 몇 개 만들어 그것에 대해 왜 좋은지, 어디가 좋은지를 지적하여 좋은 보고의 조건을 분명히 파악한다.

둘째는 화법 책에 든 예, 즉 보고의 모델을 보고 좋은 보고의 기준이 되는 항목을 배워 그것의 좋은 점을 확인한다. 그런 다음 또 각각의 보고를 만들어 발표하고 그 기준에 비추어 다시 비평한다.

흥미 있는 화제를 뽑는 연습이지만 자기에게 흥미가 있다고 해서 꼭 다른 사람에게도 흥미가 있다고는 할 수 없다. 흥미 있는 화제에 대해 상대방도 재미있게 느끼도록 표현하는 것이 중요하다.

상대방이 잘 알고 있는 것으로부터 이야기를 시작하면 기대가 별로 가지 않으므로 흥미 있는 화제를 뽑아도 효과가 감소된다.

"감자는 영양이 있다"고 말하는 것으로는 누구라도 다 알고 있는 것이므로, '무어야? 평범하구나!' 하고 생각하게 된다. "감자를 좋아하는 독일 사람도 예전에는 감자에 독이 들어있다고 해서 그것을 먹지 않은 적이 있었다"고 말한다. 이처럼 이야기는 언제나 서두의 말이 중요하다.

3) 보고 화법의 연습

학교 같으면 선생이 실제로 지명해서 학생에게 보고하게 하여 먼저 말한 대로 특색 있는 항목을 기준으로 학생들의 상호 비평을 듣게 한다.

4) 보고 자료를 모으는 여러 가지 방법

① 실제로 있었던 일을 생각해 낸다.

② 그것에 대해 자기가 느꼈던 바를 생각해 낸다.

③ 보고할 가치가 있는 것을 뽑는다.

④ 청자에게 흥미 있는 것을 뽑는다.

등의 순서로 연습한다. 이처럼 가까운 신변의 일이나 진기한 일에 대해 보고하는 것은 말하는 힘을 기르는 연습으로 잘 활용된다.

어떤 일의 보고에 갖추지 않으면 안 될 기본 조건은 여러 가지가 있지만 최소한 '누가who? 언제when? 어디서where? 왜why? 무엇을what? 어떻게how?'의 '육하원칙'을 살려야 한다.

만일 보고의 화제가 사회생활이나 정신생활과 관계가 있을 경우 각종 소스source에서 자료를 수집하고 그 자료를 평가해서

치우침이 없는 정보로 정리할 필요가 있다.

연습의 계획으로는 하나의 소스에서 자료를 수집하는 단계로부터 점점 소스를 늘려서 자료 상호의 검토를 하는 단계까지 발전시켜 나간다.

보고 연습에 대해서는 제삼자가 다음 항목으로 평가를 내린다. 평가의 결과를 보고자에게 알려 보고 방식을 개선하면 좋다. 보고 평가의 항목은 다음과 같다.

① 청자 앞에 나타날 때까지의 태도는?

② 자연스러웠는가?

③ 똑바로 서 있었는가?

④ 청자를 잘 보면서 보고했는가?

⑤ 제목에 대해 잘 조사한 것이 틀림없는가?

⑥ 듣기 편한 목소리로 말했는가?

⑦ 청자가 즐겁게 들을 수 있도록 말했는가?

⑧ 분명한 목소리로 말했는가?

⑨ 말의 발음은 정확했는가?

⑩ 정해진 시간 내에 이야기가 끝났는가?

제3장
설득은 어떤 방법으로 하는가 (1)

1. 설득이란 어떤 것인가

설득이란 한어漢語로 표현하면 "어떤 사실을 쪼개어 말하고 알린다"는 뜻이다. 설득이라 하든지 납득이라 하는 것은 화자가 무엇인가 호소한 결과 청자에게 화자가 마음먹었던 바를 그대로 행동하게 한다는 것이다.

그런 까닭에 여러 가지의 말 중에 가장 어려운 것이 이 설득하는 말이다. 사람에게는 각각 자기 나름의 생각이 있어 말을 해서 청자가 이쪽 이야기에 공감하게 만드는 것은 단지 말재주만으로는 안 된다.

화자의 끊임없는 행동이나 생각이 그 밑바탕을 이루고 여러 사람에게 신뢰를 얻고 있어야만 한다. 또 생각이 올바르고 확실해야 할 것은 두말할 필요도 없다.

따라서 설득이란 화자가 희망하는 행동을 청자가 유발케 하기 위해 그 행동의 동기를 청자에게 부여하는 방법이라 하겠다.

설득은 상대방에게 어떤 사실을 호소해서 어떤 행동을 시키는 것이 목적이므로 화자가 청자에게 어떤 사실을 이해시키는 것만으로는 효과가 없다. 대개 상대의 정서나 감정을 강하게 흔들어 놓지 않으면 안 된다.

그래서 말만으로는 설득이 가능하지 않다. 설득은 상대방의 의지를 화자가 바라는 쪽으로 움직이도록 하기 위해 자극을 주고 상대방 마음에 어떤 동기를 갖게 하는 것이다. 그러므로 상대가 행동하려는 확신을 갖지 못할 때 참과 거짓, 옳은 것과 그른 것을 판단할 수 있도록 어떤 증거를 보여야 한다. 또 행동으로의 납득이 되지 않을 때는 그 의의에 대해 상대의 이해를 분명히 하기 위해 설명하기도 한다.

그러나 이것은 어디까지나 설득의 첫걸음에 지나지 않는다. 그것은 모든 사람이 지적으로 설득되는 경우보다 감정에 움직여지는 경우가 많기 때문이다.

그러므로 청자를 설득한다는 것은 다음 네 가지의 일을 한다는 것이 된다.

① 화자가 바라는 행동을 보증할 만한 충분한 근거가 있음을 보여 준다.

② 그 행동은 청자의 판단으로도 가치 있고 좋은 일이라는 것을

인정받을 수 있게 이끈다.

③ 그 행동에 부딪칠 수 있도록 강한 동기를 듣는 이에게 만들어
준다.

④ 그 행동을 시작하려고 결심하는 것만으로도 듣는 이가 만족
할 수 있도록 한다.

이런 것을 고려하면서 다시 말로써 설득한다는 것을 생각
하면 설득은 다음 다섯 단계로 이루어진다고 할 수 있다.

① 청자의 주의와 흥미를 끈다.

② 청자의 흥미를 계속 북돋운다.

③ 논리가 서게 이야기하고 적절한 증거와 쉬운 말로써 청자를
이해시킨다.

④ 말하는 이가 말하는 내용이 사람의 도리에 따른 진실이라는
것을 듣는 이에게 자세히 설명한다.

⑤ 필요하다면 행동으로 옮기게 한다.

흔히 "설득은 감정에 호소하라"고 말한다. 분명히 사람은 어
떤 사실을 믿고 또 행동하기 위해 감정으로 움직여지기 쉽다
고 하지만, 설득의 조건으로 감정을 앞세우는 듯한 화법은 바

람직하지 않다.

그보다는 내용 자체가 잘 이해된 결과 자기와 동일한 감정을 청자가 갖게 한다. 즉 말했기 때문에 그렇게 되었다는 것을 참된 설득이라 하겠다.

처음부터 감정에 호소하는 듯한 말이나 목소리는 삼가는 편이 좋다. 요컨대, 설득이란 청자를 화자의 의도대로 움직이게 하는 것이고, 청자가 호감을 가지고 화자에게 적극 협력하게 하는 것이며, 화자가 청자의 의지·신념·태도·행동 등에 '변화'를 주게 하는 것이다.

2. 낯선 사람은 의심을 받는다

설득의 방법에는 여러 가지가 있으나 우선 말하는 사람이나 말을 듣는 사람이 서로 공통의 기반에 서는 것이 필요하다. 그 까닭은 설득은 이쪽과 저쪽이 서로 일치하도록 하는 것이기 때문이다. 이 일치의 방법은 연사에 따라 여러 가지로 사용될 수 있다.

한 가지 방법으로 청중들의 경험과 부합되는 데서 예를 인용한다. 만일 청중이 군대에 복무한 적이 있다고 하면 연사는 자기의 제안을 군대 생활에서 끌어들이는 것이 일층 효과적이다. 만일 청중이 시골 사람이라면 농사에 관한 이야기를 하고 도시 사람이면 시내 교통 문제를 말할 수 있다.

연사는 자기도 청중과 동일한 견해, 경험 그리고 청중과 거의 비슷한 취미를 가지고 있다는 것을 명확히 표시해야 한다. 낯선 사람은 언제나 청중으로부터 약간의 의심을 받게 된다. 그러므로 연사들이 자주 다음과 같이 말하는 이유도 실은 여기에 있다.

"저는 여러분이 사는 이 고장에 여러 번 온 적이 있습니다."

"저는 이곳 사정을 종종 듣고 있습니다."

"여러분이 사는 이곳은 제가 살고 있는 곳과 매우 비슷합니다."

"저도 사실은 농촌 태생이기 때문에 농민 여러분께 말씀드리는 것이 퍽 즐겁습니다."

이처럼 연사와 청중 서로가 공감할 수 있도록 해야 한다.

연사는 그가 가지고 있는 탁월한 지식과 용의주도한 생각을 있는 그대로 표현하겠지만 어떤 전문적인 주장을 하면 청중과 동떨어지기 쉬우므로 되도록 피해야 한다. 그 대신, 아래와 같이 이야기할 수 있다.

저도 여러분과 같은 처지인 사람입니다. 다만 여러분에게 이 점에 관해 어떤 흥미와 가치를 줄 수 있으리라는 희망을 품고 있습니다. 제가 여러분의 말을 듣고 배울 수 있는 것이 없지 않은 것처럼 여러분도 제가 말하는 것을 듣고 얻는 바 있기를 희망합니다.

그렇다면 연사도 청중의 일원이라는 사실이 두드러지게 드러나고 연사와 청중 사이에는 어떤 공통되는 기반이 형성된다. 이에서 설득이 일층 가능해지는 것이다.

그 후에 설득의 목표를 분명히 해 두는 것이다. 예를 들면, 목사가 교회에서 설교할 때 그 설득 임무는 청중이 그 설교를 듣기 전보다 그 후에 그들이 더욱 훌륭한 신자가 되게 하는 데 있다. 그러므로 설득할 때 연사의 첫 과업은 청중으로 하여금 어떤 '변화'를 가져오게 할 수 있을까를 미리 염두에 두어야 한다는 것이다.

연사는 청중이 바로 앞에 있으므로 어떤 청중에게 연설하고 있는지 쉽게 알 수 있다. 그러나 때 따라서는 연사의 설득이 일부에게만 국한될 때도 없지 않다.

만일 어떤 채소 장수가 채소를 팔고 있을 때 한 가족이 채소를 사려고 한다면 그 채소 장수는 채소를 사는데 결정을 내리는 사람이 누구인가를 먼저 살펴야 한다. 연후에 실제로 살 사람에게 채소 장수의 설득이 시작된다. 만일 살 사람이 부인이면 채소의 질을 주로 이야기해야 하고 그렇지 않고 남편이 결정을 내리는 경우라면 채소의 값에 관해 더욱 많이 이야기해야 한다.

말하는 것은 일방적이지 않고 언제나 상대방을 염두에 두는 쌍방적인 것이다. 그러므로 상대를 늘 분석·파악해야 하는데 특히 설득하는 말에서는 청중의 분석에 한층 세심한 주의를 기울여야 한다.

설득 연설에서 그 연사가 만일 어떤 논제를 두고 마치 청중에 대한 도전으로 생각한다면 그것은 반드시 실패할 것이다. 왜냐하면 청중은 각각 그 마음 가운데 찬성 또는 반대의 자유가 있기 때문이다.

연사의 주장에 청중을 억지로 찬동하게 한다면 결국 연사는 청중에게 나를 따라야 한다는 것을 고집하게 된다. 이러한 태도는 자존심을 가진 청중에게 반발을 일으키게 한다.

현명한 사람은 자기주장이 어째서 청중의 이익에 도움이 되는지를 알릴 효과적 방법을 찾는다. 청중의 마음속에 그들의 이성, 경험, 상식을 환기시켜 준다.

그리고 청중을 이끌려고 하지 말고 청중의 대변자가 되려고 노력한다. 말하는 태도도 자신이 넘치겠지만 그렇다고 해서 교만하지 않고 오히려 겸손해야 한다. 또 연사는 언제나 화제가 무엇이든 논쟁과 지나친 과장은 하지 않아야 한다.

그리하여 청중의 판단과 행동에 영향이 미치고 연사가 희망하는 방향으로 청중을 움직일 수 있다면 그것은 더없는 효과적 설득이 될 것이다.

3. 설득의 조건과 동기

1) 자기의 안전

이번에 사원이 감원되는데 아마도 미스터 김만은 괜찮을 거야.
오늘 일이 밀렸는데 괴롭겠지만 야근해서라도 오늘 중으로 그 일을
끝내 주면 좋겠어.

'너만은 괜찮다'는 것은 자기의 안전만은 보장되고 있다는 뜻이다.

누가 물어보지도 않았는데 "이번 도시 계획에서 우리 집만은 제외되었어" 하고 털어놓는 사람이 있다. 이것은 의식주가 안정되고 평화스러운 생활을 바라는 인간의 거의 본능적인 집착을 입증해 주는 한 면모이기도 하다.

사람은 자기 안전을 위해 때로는 필사적이리만큼 강한 애착을 갖는다. 이러한 점을 고려한다면 상대방에게 힘 있는 설득이 가능하다.

2) 자기의 자존심

누구를 막론하고 자존심이 없는 사람은 없다. 자신의 자존심이나 자기의 인격이 손상될 때 사람은 거칠어지기 쉽다. 자존심을 유지한다는 강한 욕망도 인간 본능의 하나이다.

회비가 잘 거두어지지 않아 어느 학회에서는 다음과 같은 인쇄된 편지를 각 회원에게 발송했다.

회비가 잘 거두어지지 않아 본 학회 운영에 많은 지장을 가져오고 있습니다. 회비가 없기 때문이 아니라 다방면으로 일하시다 보면 자연히 회비 납부를 잊어버리는 수가 많을 줄 압니다. 그래서 본 학회 임원회에서는 그동안 여러 차례 납부 독촉을 해 오던 끝에 이번에 다시 한번 기회를 마련하고 만일 회비 납부가 그때까지도 여의치 않으면 부득이한 조치로 미납 회원의 명단을 다음 달 회지에 공개하기로 했으니 널리 양해하시기를 바랍니다.

이 편지가 나간 후 어떻게 되었는지 몰라도 분명히 효과를 거두었을 것으로 짐작된다. 자존심을 깎이고 싶은 사람은 거의 없기 때문이다.

3) 자기가 인정받을 때

이 점을 가장 잘 알고 이것을 잘 반영시키고 있는 것이 바로 포상 제도이다. 어떤 방면의 일을 고취 장려할 때 이 포상 제도만큼 좋은 방법은 없다.

4) 숭고한 것에의 동경

인간이 동경하는 것을 셋으로 나누면 첫째, 영웅 숭배의 타입으로서 자기보다 높은 인물에 접근하려는 욕망이 있고, 둘째는 오랫동안의 전통에 대한 경건한 기분이나 친근감, 그리고 셋째는 신성한 대상에 대한 경건한 생각이다.

이처럼 사람은 대상은 다르더라도 무엇인가를 예찬하고 싶어 한다. 이런 사실들을 잘 이해하고 사람의 자존심이 상하지 않도록 하는 것이 듣는 사람을 설득하는 기본적인 조건인 동시에 설득되는 동기이기도 한 것이다.

4. 효과적인 설득 방법

1) 상대방의 지식에 호소한다

지적인 힘에 의해서 사물을 판단하려는 경향이 있는 사람이라면 그 사람의 지적 이해에 호소하는 방법을 쓴다.

미국의 어느 농업학교에서의 일로 당시의 물가가 엄청나게 비싸서 선생들의 봉급을 올려야 하게 되었다. 주립 농업학교이기 때문에 선생의 봉급 인상 문제는 학교에서 주의회에 제안하게 되었다. 그러나 주의회 과반수를 차지하는 농업 관련 의원들은 일제히 이에 반대했다. 1주일에 12시간 내지 15시간 수업을 담당하는 선생에게 어째서 그렇게 많은 봉급을 주어야 하는지 이해되지 않는다는 것이다.

학교 측의 대표가 아무리 설명해도 봉급 인상을 반대하는 의원들을 납득시킬 수가 없었다. 이때 학교 측 대표가 한 명안을 생각해 냈다.

"여러분!" 하고 주 의원들에게 말문을 열었다.

선생이란 대체 황소와 같습니다. 시간의 양이 문제 되는 것은 아닙니다. 하는 일의 중요성이 문제인 것입니다.

선생의 봉급은 마침내 인상되었다.

사람이 어떤 사실을 이해한다는 것은 그것이 필요하냐, 이익이 되느냐, 또는 알맞은 정도이냐, 찬성하느냐 등에 좌우된다. 그러므로 사람에게 어떤 사실을 이해시키려면 그 사람의 입장 좋아하는 것 이해관계 등을 고려해서 납득하도록 이야기를 이끌어 가야 한다.

또 사람은 감정의 동물이므로 사람의 감정에 맞는 말로 호소하면 다소 이해에 반하고 불찬성일 때라도 마음을 크게 열고 이해해 준다.

2) 상대방의 욕구에 호소한다

이것은 상대방의 욕구에 맞도록 이야기를 진전시켜 나가는 것이다. 가령 생명이나 재산과 관계있는 것이나 신체나 건강과 관계있는 것 혹은 성공 및 출세와 관계있는 이야기 등을 가지고 상대방을 설득하는 것이다.

"자네는 이런 일만 아니면 승진할 텐데."

"자네는 남보다 연구심이 깊어. 이번 연구실 정원이 하나 늘기 때문에 나는 자네를 생각하고 있지."

출세 및 성공하고자 하는 상대방의 욕구에 맞는 것을 이야기 속에 넣고 설득하는 것이다.

이따금 만나는 가까운 사람에게,

전보다 얼굴이 아주 좋아졌어.

하면 곧 설득력을 갖는 인사가 된다. 그것은 인간의 욕구에 건강이 가장 큰 비중을 차지하는 까닭이다. '건강' 다음에는 '돈'이다. "이달부터 보너스가 많이 올랐지, 더욱더 일을 잘해 주어야 하겠어요" 하는 사장의 말이 사원들에게 설득력을 갖는 것은 물론이다.

3) 사회적 존경을 받는 사람을 끌어들인다

듣는 이가 그 인격을 잘 아는 사람을 말 속에 끌어들이면 '그 사람이 말한 것이면……' 하고 청자는 곧 납득이 된다.

4) 되풀이 말한다

몇 번이고 똑같은 것을 되풀이 말한다. 이것이 좋은 예는 될 수 없더라도,

자네 요즈음 얼굴이 나빠졌어.

하는 말을 가까운 사람에게서 몇 번 되풀이 듣는다면 "정말 내
가 어디 아픈 게 아닌가" 의심이 생기고 심하면 노이로제에도
걸릴 수 있다.

각도를 돌려 "열 번 찍어 안 넘어가는 나무 없다"고 한다. 일
방적인 짝사랑을 한다면,

나는 영숙 씨를 좋아해. 정말 좋아해.

하고 몇 번이고 만날 적마다 진정으로 사랑의 고백을 한다면
어느 정도 상대의 마음도 때로는 이쪽에 솔깃해질 수 있는 법
이다. 그러나 좋은 말도 여러 번 들으면 듣는 쪽이 싫증을 느낄
수 있으므로 이 점에 유의해야 한다.

5) 정보를 준다
그 문제에 관련되어 있는 여러 가지 정보를 수집하여 그것
을 상대방에게 준다.

이런 사실이 있기 때문에……

하고 말하는 설득 방법이다.

군사 작전이나 또 이와 비슷한 외교 관계에서 흔히 쓰이는 방식이다. 특히 군 작전에서 부하 장병에게 어떤 명령을 하달할 때, 새로운 정보를 주어 임무 수행이 갖는 높은 가치를 인식시키며 전투에 임하게 하는 것은 상당히 큰 설득력을 갖는다.

6) 사실을 증명해 납득시킨다

1960년대의 통계에서 보면 우리나라 사람 100명 가운데 결핵 감염자가 5명꼴이 됩니다. 결핵은 오래전부터 망국병이라 일컬을 만큼 그 피해가 큽니다. 그러나 요즈음은 좋은 치료 약이 많이 생산되고 있으므로 난치의 병은 아니고 얼마 동안 요양만 잘하면 곧 쾌유합니다.

그러나 무슨 병이든 빨리 고쳐야 그 효력이 발생합니다. 누가 감염되었는가 알아보는 기본적 방법은 우선 엑스레이 검진입니다. 엑스레이는 가까운 보건소에 가면 무료로 검진해 드립니다. 자기 건강은 자기가 잘 관리해야 합니다. 엑스레이 검진을 잘 받아서 하루빨리 진찰해 보는 것이 어떨까요?"

이처럼 통계적 사실을 가지고 상대방을 납득시키는 방법은 매우 효과적이다.

7) 상대방의 굳은 감정을 풀어주면서 말한다

상대방에게 즐거움이나 기쁨 나아가 웃음을 안겨주면서 부드러운 분위기에서 설득하는 것이 중요하다.

때로는 유머나 위트가 넘치는 이야기로 상대방 기분을 푼 다음 상대방이 그래? 하고 생각하게 하는 방법이다.

영국의 수필가 찰스 램이 어느 회사에 근무할 때의 이야기이다. 램은 회사에 나가기가 싫어서 근무 시간 같은 것은 전혀 지키지 않았다. 어느 날 여러 동료가 보는 앞에서 과장이 램을 불러 세웠다.

"자네는 회사 출근에 늘 지각이야……"
"드릴 말씀이 없습니다. 그 대신 퇴근은 일찍 하고 있습니다."

이런 유머는 과장의 마음을 충분히 풀어놓을 수 있었다. 그리고 사람을 웃긴 끝에 자기도 덕을 본 예화이다.

8) 권위를 가지고 말하면 듣는 이가 납득하기 쉽다

신문의 해외 토픽난에서 읽은 것이다. 독일에서 어느 권위 있는 의사가 몇몇 잘 아는 환자에게 두통 증세에 소화가 잘되는 소화제를 주면서 곧 두통이 멎을 것이라고 자못 권위 있게 말했다. 그랬더니 아니나 다르랴. 후에 그 환자의 두통이 곧 나았다는 실험기가 소개된 적이 있다.

이 실험의 결론은 사람의 발병과 그 치유는 다분히 환자의 정신적 작용에 달려 있다는 것이다. 자기 병을 잘 고쳐온 의사일 경우 환자는 먼저 그 의사의 권위를 믿고 정신적 작용을 굳히기 때문에 곧 병이 나을 수 있다는 이야기이다. 권위가 설득력을 갖는 극단적인 예화라 하겠다.

9) 전체의 경향이나 세평을 인용한다

"지금의 세평이 어떠하다." "세평이 이런 것이다" 하고 어떤 전체의 경향이나 여론의 향배를 인용해서 상대를 설득하는 경우도 많다. 양복점에서 손님에게 양복천을 권할 때,

최근에는 진한 갈색이 차츰 유행되는 듯합니다. 유럽에서도 지난봄부터는 이 갈색이 크게 유행이라는 이야기를 들었습니다. 손님의 의향은 어떠실까요?

하면 대개 손님은 그쪽으로 마음을 돌리지 않을 수 없게 된다.

10) 인정이나 감정에 호소한다

듣는 사람의 감정이나 인정 또는 사람의 의리에 호소해서 설득한다.

이 엄동설한을 앞두고 헐벗고 굶주리는 삼남 지방의 수재민을 위해 다 같이 구호품을 모아 보냅시다. 여러분의 따뜻한 동포애를 기다립니다.

동포애에 호소한 것이다.

"선생님의 동정과 이해만이 저에게 힘이 되겠습니다."

"제가 하고 있는 일은 결코 무의미하지 않다는 것을 선생님께서는 잘 이해해 주실 줄로 압니다."

"선생님 같은 분이기 때문에 이 같은 어려운 청을 드리는 것입니다."

이렇게 하면 다소나마 상대방은 이쪽에 귀를 기울인다. 세상에는 자부심이 없는 사람도 없지만 갸륵한 마음이 없는 사람도 없다. 설득의 방법은 한둘이 아니다. 때와 경우에 따라서 얼마든지 그 방법을 생각할 수 있으나 가장 널리 쓰이는 방법을 앞에서 열거해 본 것이다.

5. 설득의 심리적 요소

- 설득자의 영향으로 설득이 약도 되고 독도 된다.

- 서민처럼 행동한다.

- 표어와 겉치레 말, 권위, 증언, 여론, 유행의 인용.

- 상대의 이해와 양해를 구한다.

- 상대의 이익 요구 욕구에 호소한다.

- 화자의 인격으로 호소한다.

- 광고처럼 반복해 호소한다.

- 상대의 욕구 불만을 해소시키거나 감소시킨다.

- 정보와 실례, 인정, 유머, 위트 등으로 설득할 수 있다.

- 인도주의, 도덕, 정의감 등도 설득 요소이다.

- 덕망, 이상, 자부심, 명예 등이 역시 설득 요소이다.

- 희망 비전 등도 설득 요소이다.

- 설득 순서에 AIDMA^{attention, interest, desire, memory, action}, SWAY^{see, want, agree, yield} 등이 있다.

- 사랑, 증오심, 공포심 등이 있다.

- 불만, 불신감, 분개심, 허영심, 불신감 등이 있다.

- 자신, 안정, 안락, 안전, 평안 / 일치된 비난과 비판 / 고향 일가친척 / 일치된 비난 대상 / 부귀와 물욕과 명성과 출

세 / 동류의식과 공감대 / 휴식, 취미, 기호, 오락 / 칭찬,
예언, 암시, 경향 / 종교와 신념 등이 있다.

제4장
설득은 어떤 방법으로 하는가 (2)

1. 설득의 지름길

① 가급적 논쟁을 피한다.

② 남의 잘못과 흠결을 함부로 지적하지 않는다.

③ 자기 잘못을 진정으로 인정하고 사과한다.

④ 어떤 경우라도 온화하게 말한다.

⑤ 상대가 '네!'라고 대답할 질문을 한다.

⑥ 상대에게 말을 적극적으로 시킨다.

⑦ 상대가 생각하게 한다.

⑧ 역지사지易地思之의 생각을 잊지 않는다.

⑨ 가능한 대로 상대에게 동조同調해 보인다.

⑩ 아름다운 심정에 호소한다.

⑪ 이따금 연출을 생각한다.

⑫ 감정이입empathy, 공감sympathy, 일치감rapport을 항상 염두에 둔다.

아리스토텔레스Aristoteles, B.C.384~322는 그의 저서 『레토릭Rhetoric』에서 변론법은 어떤 경우이든 각 사례에 적용할 수 있는 '설득 방법'을 창출해 내는 능력이라 했고, 이를 전제로 '설득 방법'을 '기술'과 '비기술'로 나누어 설명했다. 기술은 화자의 인품 ethos, 정서 환기pathos, 논리적 표현logos이라 했고, 비기술은 증인, 자백, 물증이라 했다.

2. 설득의 정의

설득persuasion은 "남을 내 뜻대로 움직인다," "남이 호감을 가지고 나에게 적극 협력하게 한다," "남의 의지, 신념, 태도, 행동 등에 변화를 준다" 등으로 뜻을 매긴다. 설득에는,

① 강제 설득

② 의뢰 설득

③ 정보 설득

④ 설득력 있는 주장증거fact, 논거warrant

등이 있다.

3. '심층 설득'에 대하여

상대방 마음의 벽을 헐어내야 한다. 그것은 편견, 선입관, 경계심, 정신적 압력, 욕구불만, 반감, 불안감, 불신감, 자존심 및 자부심의 상처 등이다.

① 거절할 때는 제3의 길을 제시한다.

② 상대방 불만을 듣는 것이 협력이 된다.

③ 상대가 불만을 토로하게 한다.

④ 매사 집단 토의식 해결법을 활용한다.

⑤ 공통의 적수를 내세운다.

⑥ 설득 내용을 의문형으로 표현한다.

⑦ 자존심 강한 상대는 화자의 침묵이 설득된다.

⑧ 상대가 강경하면 감정의 냉각기를 생각한다.

⑨ 라이벌을 등장시켜 객관적으로 상대방 자존심을 높인다.

⑩ 인간적 측면으로 접근한다.

4. 설명인 동시에 설득

1) 비유比喩

1973년 서울 여의도 광장에서 백만 가까운 청중이 모인 가운데 세계적인 전도 부흥사 미국 침례교 빌리 그레이엄 목사의 "하느님을 믿으라!"는 선교 강연이 연거푸 두 차례에 걸쳐 성황리에 진행된 바 있다. 이때 저자는 CBS 기독교 방송 동시 중계방송으로 이 강연을 들었다. 통역은 침례교의 세계적 지도자 김장환 목사가 담당하였다.

성량도 비슷하고 억양도 만만치 않았다. 두 분 모두 우렁찬 목소리로 시간에 구애받지 않고 열심히 설교하고 동시에 열심히 통역하였다. 두 분이 모두 막상막하로 열띤 강연을 이어 나갔다. 저자는 이때 새로운 비유의 말씀을 듣고 가벼운 감동을 받았다.

군軍의 낙하산병이 비행기에서 낙하하는 순간 이 낙하산병은 마치 죽음을 향하여 돌진하는 것과 꼭 같습니다. 그러나 일정 고도까지 강하하여 낙하산의 장치를 풀고 펼쳐진 낙하산에 몸이 의지될 때 비로소 낙하산병이 생명의 구원을 받는 것과 똑같이 이제 이 순간 여러분은 예수 그리스도를 통하여 하나님을 믿고 하나님을 믿음으로

써 여러분 영혼의 영원한 구제를 받지 않겠습니까?

2) 우화寓話

우화에 대표적인 것은 두 책이 있는데 하나는 이솝의 우화이고 또 하나는 라퐁텐 우화이다. 이솝의 우화와 라퐁텐 우화를 각각 보기로 들어 본다.

북풍과 태양

북풍과 태양이 자기 힘이 더 세다고 말다툼을 벌였습니다. 마침 그때 한길 위로 나그네가 지나가고 있었으므로 둘은 말로 다투지 말고 그 나그네의 옷을 벗기는 쪽이 더 힘센 것으로 결정짓자고 약속하였습니다.

북풍이 먼저 나그네를 향하여 바람을 보냈습니다. 나그네는 바람에 날리지 않으려고 모자와 외투를 두 손으로 꼭 붙잡았습니다.

북풍은 화가 나서 더 강한 바람을 보냈습니다. 나그네는 추워지자 점점 더 옷을 움켜쥐었습니다. 북풍은 마침내 지쳐서 태양에게 자기가 할 수 있는 일은 끝났다고 말하였습니다.

태양은 따뜻한 볕을 보냈습니다. 그러자 나그네는 겉옷을 벗었습니다. 태양은 좀 더 강한 볕을 쬐어 주었습니다. 나그네는 옷

옷을 벗었습니다. 그리고 마침내 더 참을 수 없게 되자 옷을 모두 벗고 강물로 뛰어들고 말았습니다. (힘으로 하는 것보다 슬기로 하는 편이 오히려 사람의 마음을 더 잘 다스릴 수 있습니다.)

까마귀와 여우

까마귀가 치즈를 입에 물고 나뭇가지에 앉아 쉬고 있었다. 그때 여우 한 마리가 다가왔다.

"안녕하세요? 까마귀 선생님, 당신은 언제 보아도 반할 만큼 정말 멋지군요. 오늘은 날개에서 유난히 빛이 나는군요. 이건 그냥 칭찬하는 것이 아니랍니다. 정말 부럽습니다. 게다가 소문에는 노래 솜씨도 대단하다고 하던데 유감스럽게도 나는 아직 한 번도 들어보지 못했답니다.

그 빛나는 날개에 뛰어난 노래 솜씨라니 얼마나 멋질까? 단 몇 소절만이라도 지금 꼭 들어보고 싶군요."

이 말을 들은 까마귀는 여우가 허풍쟁이인 줄 알면서도 기분이 좋아져서 자기도 모르게 그만 '까악' 하고 외쳤다.

순간 입에 물고 있던 치즈가 여우의 발치에 떨어지고 말았다. 그러자 여우는 잽싸게 치즈를 먹어 치웠다. 그리고는 유쾌하게 한마디를 던지고 자리를 떠났다.

"까마귀 선생님! 나의 아부에 그렇게 쉽게 넘어가다니 정신

좀 차려야 하겠소. 앞으로는 자기 분수 좀 알고 사시오. 이 세상에 공짜는 없는 법이니 치즈는 그걸 배운 대가로 낸 수업료라고 여기시오."

여우에게 한 방 먹은 까마귀는 분하고 창피했지만 아무 말도 할 수 없었다. 그리고 앞으로는 남에게 절대로 속지 않겠다고 다짐했다.

제5장

환담歡談, 유머

1. 환담의 유형

환담은 유머를 대신하는 용어이다. 유머는 환담의 주된 원천이고 웃음을 터트리는 근원이다. 환담은 사람을 웃기고 즐겁게 해 주는 기능을 갖는다.

① 소설적인 서술

② 호기심을 끄는 경험담

③ 특이한 인물의 가십gossip

④ 위트, 코미디, 개그 등 기분 및 장면 전환의 기능

⑤ 과장, 풍자, 동음이의어, 해학

⑥ 아이러니irony, 패러독스paradox

⑦ 사람들의 특이한 습관

⑧ 예상 밖의 변화

⑨ 동정과 모방

⑩ 불경하고 불손한 언행

⑪ 청자에게 순간 우월감을 안겨주어야 한다.

2. 환담의 이야기 거리

1) 환담의 예시

권투 선수 무하마드 알리

나만큼 위대한 사람은 겸손해하기가 힘들다.

마거릿 대처

항상 자신에 차서 하는 말은 아니지만

우리는 분명히 승리할 것이다.

에밀 꾸에

나는 매일 모든 면에서 향상되고 있다.

로널드 레이건 미국 전 대통령

  1981년 3월 힝클리에게 저격을 당하고 나서 로널드 레이건

미국 전 대통령, 부인에게 한 말, "여보, 내가 살짝 몸을 굽히는

걸 깜빡 잊었소. 가게백악관는 지금 누가 보는가?"

폭격기 B-1에 관련해서 국회와 실랑이를 벌일 때, "B-1이 항공기인가요? 나는 군인용 비타민인 줄 알았어요."

"나의 생애에 가장 아름다운 선물은 바로 내 아내 낸시요."

나폴레옹

나폴레옹은 칭찬 듣기를 싫어했다. 그러나 언제인가 "각하께서는 칭찬 듣기를 싫어하십니다" 하고 부하가 말하니까 그가 기분 좋게 슬며시 웃었다고 한다.

"이상의 남성"

"나 찾고 있던 이상의 남성을 만났어!"

"그래? 그럼 곧 결혼하게 되겠네."

"아니야, 그 남자도 이상적인 여성을 찾고 있어!"

장기영 선생

전 체신부 장관 장기영張基永 선생이 미국 유학 시절 그곳 식당에 들러 점심 식사를 할 즈음에 웨이터에게 음식 주문을 하였다. "콘 비프 캐비지!" 하자, 식당 웨이터가 의아한 표정의 반응이다. 캐비지의 발음이 가비지garbage로 들린 것이다. 가비지는 음식 찌꺼기의 뜻을 담고 있기 때문이다. 유사 음어가 유머의 일종임을 후에야 알게 되었다고 장 장관은 술회한 적이 있다.

헤이만 교수

헤이만Heyman 교수의 경험이다. 그가 약국에 들러 약사에게 "연탄 하나 주시오!" 하였다. 약사는 의아할 수밖에, 그런데 알고 보니 그것은 '은단'이었다. 한층 더 놀라운 일은 치약을 찾으며 말하기를 '쥐약'이라 말한 점이다. 실수가 유머를 낳은 것이다.

"This is a dog."

8·15 광복 후의 일, 여기저기서 영어 학습이 들불처럼 열을 올렸다. 'This is a dog'이라는 문장을 우리 어린이가 '디즈 이즈 어 떡'이라 소리 내더란다. 어느 마을 야간 영어 학습이 파하자 영어를 새로 배운 아이들이 "여기도 떡이 있고 저기도 떡이 있구나!" 하고 '도구'인 개를 '떡'이라 하더라는 이야기이다. 영문학자 양주동 박사의 이야기이다.

그런데 이와 대조적으로 외국 사람은 '빈대떡'을 '빈대도구'라 소리 내더라는 이야기도 있다.

"타유"먼저 타시오

도쿄 올림픽에 중계방송 차 출장 갔던 동아방송 김주환 아나운서가 경험한 한 토막 유머. 마침 호텔 엘리베이터 앞에 각국 사람들이 모여 서로 먼저 타려고 서두르는데 어떤 한 사람, 영어 하는 손님이 자기에게 공손히 이르기를 "타유!" 하더란다. 김 아나운서는 자기가 한국 사람인 것은 어떻게 알았으며 더구나 청주 사람인 줄 어떻게 알았나 의아했는데 알고 보니 그 말은 "애프터 유!" 하는 인사말이던 것이다.

대학 조동필 교수 이야기

대학 입시 관계로 학교에서 합숙하다가 끝날 무렵 한 교수 제의로 오늘은 학교 밖으로 나가자고 의견이 모이자 몇 분이 시내로 나갔다. 한 식당에 들어가 자리에 앉자마자 종업원 한 사람이 물잔을 가져다 놓자 곧 "주문하시죠!" "그래 해장국 다오!" "넣어요? 빼요?" "무엇을?" "따구요!" "따구라니?" "소 뼈다구요!" 그러자 손님들이 각각 기호를 말하자, 종업원이 주방에다 외쳐대기를 "넣구 둘, 빼고 셋!"

마크 트웨인의 강연

강연 여행 중인 마크 트웨인이 목적지의 하나인 작은 마을에 도착, 아직 저녁 식사까지 시간 여유가 있으므로 수염을 깎으려고 이발관에 들어갔다.

"이 마을에는 처음 오셨나요?" 하고 이발관 주인이 물었다.

"네! 처음 왔어요" 하고, 마크 트웨인이 대답하였다.

"그럼 좋은 때 잘 오셨네요. 사실 마크 트웨인 선생이 오늘 밤 강연 예정이 있어요. 물론 가시게 되겠죠?"

"사실 그 때문이에요."

"그런데 입장권은 구입하셨나요?"

"아직 안 했는데요."

"안됐네요. 이미 매절되었다네요. 서 있지 않으면 안 되겠어요."

"그럼 어떻게 한담," 하고, 마크 트웨인은 안타까워했다. "언제나 그래서 그이가 강연할 때 나는 항상 서 있어야 하기 때문에."

토니 카티스처럼

한 남자가 이발관에 들어가 토니 카티스처럼 머리를 깎아달라고 부탁하자 "네, 말씀대로 하겠습니다" 하고 이발사가 수용했으므로 남자는 의자에 앉자 잠이 들었다.

15분 후에 눈을 뜨고 거울을 보았다.

놀라운 사실은 머리가 번들번들하게 깎인 것이 아닌가. 의자에서 곧바로 내려와 손님이 이발사에게 항의하였다.

"토니 카티스 말이요. 토니 카티스처럼 해 달라고 부탁한 거예요."

"손님 요구대로 깎은 거예요. 내가 토니 카티스 머리 모양은 잘 알고 있어요. 지난주 텔레비전 방송에서 '왕과 나'를 보았기 때문이죠." 율 브린너를 토니 카티스로 착각함

"당신 머리와 내 육체"

저명한 무용가 이사도라 던컨이 버나드 쇼에게 러브레터를 썼다. 우생학적으로 두 사람이 아이를 갖지 않음은 개탄할 일이라 했다.

"내 육체와 당신 머리를 가진 아이를 생각해 보세요" 하자 쇼는 곧 답장을 썼다.

"그것은 알지만 만약 불행하게도 내 육체와 당신 머리를 가진다면 어떻게 되죠."

옥스퍼드와 케임브리지

옥스퍼드 출신자와 케임브리지 출신자의 차이는 무엇인가, 하는 질문에 만델 크라이튼 주교는 대답했다.

"옥스퍼드 출신자는 세계가 마치 자기의 것인 양 표정을 짓고 있다. 한편 케임브리지 출신자는 세계가 누구 것이든 조금

도 상관하지 않는 표정을 짓고 있는 사람이다."

성생활

고결한 아버지가 아들이 17세가 되자 말했다.

"이제 너도 성장했다. 아들아, 우리는 성생활에 대해 조금 말하지 않으면 안 된다."

"응, 아빠, 무엇을 알고 싶은가요?"

참수斬首

선교사가 일본에서 체포되었다. 스파이 죄로 목을 치는 형벌을 받았다. 행형자가 말했다.

"당신의 목을 벨 사람은 다행히도 일본 제일가는 명수다. 당신은 아무것도 느끼지 못한 채 끝나고 말 것이다."

선교사는 머리를 쭉 내밀고 기다렸지만 초조해하듯 물었다.

"어떻게 된 것입니까? 아직 안 했습니까?"

"아니 벌써 끝난 것이요" 하고 집행자가 말했다. "조금 머리를 움직여 보아요."

선교사가 그렇게 하자, 곧 머리가 떨어졌다.^{이것은 어느 정도 일본통}
의 남자가 창안한 이야기에 틀림없다

2) 희극喜劇

인간의 감정 또는 행위에 있는 모순, 비리, 불균형 같은 약점을 묘사하여 골계滑稽, 또는 이와 유사한 미적 효과를 내게 하는 종류의 희곡이 희극이다. 명랑 경쾌한 기분으로 인간의 결함, 사회적 병폐를 묘사하여 익살 또는 이와 유사한 미적 효과를 내게 하는 종류의 희곡이다.

명랑 경쾌한 기분으로 인간 결함, 사회 병폐를 묘사 지성에 호소하여 웃음 속에서 분규를 해소, 행복한 결과를 가져온다.

희극의 특질은 전체의 대화, 상황, 성격의 관련 속에서 시현示現되는 고유의 정신적 효과에 있다.

대상이 어떤 모순을 노정함과 동시에 그것이 일종 우월감으로 용납되는 데서 성립된다.

주제는 비교적 경미한 악습, 흔히 있는 우행愚行이 가장 좋은 소재이다.

3) 우스꽝스러운 웃음에 대하여

- 우월감이 웃음으로 Tomas Hobbes

- 남의 불행이 웃음으로 Decartes Rene

- 남의 권위 상실이 웃음을 Alexander Bain

- 관념과 실제가 어긋날 때 Schopenhauer

- 긴장시킨 기대의 돌연한 소실^{Kant}

- 기계적인 것과 살아있는 것의 모순^{Bergson}

- 고통에서의 도피^{Freud}

유머를 할 때

① 먼저 웃지 않는다.

② 마음에 여유를 가지고 있어야 한다.

③ 재미있는 이야기라고 전제하지 않는다.

④ 상대를 보고 유머를 택한다.

⑤ 가능한 대로 독창적인 것을 선택한다.

⑥ 서투른 재담은 하지 않는다.

유머의 유형

① 과장된 표현

② 풍자적인 표현

③ 해학적인 표현

③ 동음이의어의 활용

④ 불의의 전의^{轉意}

⑤ 사람의 특이한 벽^癖

⑥ 속어^{俗語}의 활용

⑦ 이랬다저랬다 하는 변덕

⑧ 방언 및 음성 모방

⑨ 의성어 · 의태어

⑩ 불경 · 불손의 말

⑪ 비교 및 대조

⑫ 불합리와 몰상식의 표현, 무지하고 무식한 말

⑬ 핀트에 안 맞는 말, 동문서답^{東問西答}

⑭ 반대와 역설^{逆說}

제6장

인터뷰interview에 대하여

특정한 사람을 특정한 용건으로 만나 면접하여 정보 및 견해를 얻어 내고자 하는 일종의 대화 행위이다. 원칙적으로 처음 만나는 사람과 면접하는 것이므로 일상의 예법이 필요하다.

먼저 자기소개부터 하고 인터뷰 목적 및 이유를 대고 끝까지 예의 바르게 듣고 질문한다. 신문 또는 방송 기자가 단독으로 남을 방문하여 기사를 취재하는 것은 인터뷰이지만 공동으로 면회를 신청하면 공동 기자회견이 된다.

인터뷰는 주로 일문일답 형식으로 진행하는 것이 원칙이다. 인터뷰에는 질문자interviewer와 응답자interviewee가 있다.

상대방 조사를 미리 하고 그가 생각하는 바와 중시하는 것, 그리고 그의 행동 등에 대한 예비지식을 미리 준비해 놓는다.

인터뷰 목적을 확실히 하고 질문 내용을 미리 준비한다. 이때 인터뷰어는 듣기가 위주이므로 항상 바람직한 질문 방법을 연구할 필요가 있다.

이때 우선 고려할 것은 상대가 말하고 싶은 것을 말하게 하는 일이다. 미리 사전에 인터뷰 허락을 받아내고 일시와 장소를 협의·결정한다.

요구하는 정보가 무엇인지를 간결하게 말한다. 이때 물론 메모 준비는 말할 것도 없다. 가능한 대로 상대가 네 또는 아니요로 말하게 되는 질문은 가급적 피한다. 질문자는 스스로 비굴·오만한 자세를 삼가고 논쟁 또는 강제를 가급적 피하여 상대의 신뢰와 지지를 얻어 낸다.

솔직한 태도를 보이고 상대의 태도에 불쾌감을 표시하지 않는다. 이때 질문자는 '경청법'을 활용한다. 그것은,

첫째, 정신 집중

둘째, 적절한 질문

셋째, 적절한 응대어 그렇군요, 그래서요 등

넷째, 확인

이다. 항상 확인은 중요하다.

질문자의 적절한 고음과 강음이 필요할 경우도 있다. 자주 상대에게 사의를 표하고 대화 분위기를 조성하도록 한다.

인터뷰 시에는 상호 시선과 표정에 유의하고 특히 상대의 인격을 존중하고 이쪽의 성의와 열의를 때마다 보인다. 이점

이 대화 분위기 조성에 보탬이 될 것이다.

가능하면 공통 화제로 시작해 상대의 인격을 존중하고 이쪽의 열의와 성의를 보인다. 공통 화제로 시작하되 상대의 가치를 인정 내지 존중한다. 가급적 상대 발언을 차단하지 않는다.

인터뷰의 영향은 크다. 역할 집단의 속성, 개인적 특성, 신분, 지위 등으로 관계가 형성된다. 양쪽이 만족을 동반할 때 인터뷰는 효과적이다.

항상 질문자는 특정 주제에 초점을 맞춘다.

1. 인터뷰의 단계

① 목적 결정

② 화제 조사

③ 인터뷰 구조 조직

④ 응답자 선정, 필요할 경우 질문자 선정

⑤ 인터뷰 실시

⑥ 스토리 또는 리포트 작성

질문의 유형

① 공개 질문, 비공개 질문

② 1단계 질문, 2단계 질문

③ 중립 질문

④ 유도 질문

⑤ 게재 금지off the record

2. CNN 인터뷰어 래리 킹Larry King이 밝힌 그의 인터뷰 대상자의 공통점

① 새로운 시각으로 사물을 바라본다.

② 폭넓은 시야로 생각하고 말한다.

③ 열정적으로 자신의 일을 설명한다.

④ 자기 자신에 대해서만 말하지 않는다.

⑤ 호기심이 가는 부분은 '왜'로 질문한다.

⑥ 공감을 나타내고 상대 입장이 된다.

⑦ 유머 감각이 있어 자신에 대한 농담도 잊지 않는다.

⑧ 말하는 데 각자 자기만의 스타일이 있다.

3. 후라이보이Flyboy의 닥터 아담스 인터뷰

아침 텔레비전 방송 프로그램에서 한미韓美 두 나라 코미디
언이 출연해 인터뷰를 방송했다. 이쪽은 한국 코미디언 대표요,
저쪽은 미국 코미디언 대표이다. 한참 주거니 받거니 코미디랄
까 유머랄까 인터뷰를 엮어 나가는데 한 7분쯤 경과할 때, 상
대 미국 코미디언이 후라이보이 곽규석에게 한 가지 제안을
던졌다.

"후라이보이! 나는 당신을 미국에 초청하고 싶소."

하고, 그 뒤에 조건을 달았다.

"as a nurse."

마침 아담스는 박사학위를 가지고 있는 터이라, 후라이보이
는 그에게 "Doctor Adams!"를 자주 말 속에 섞었기 때문이다. 의
당 방청객석에서는 웃음이 터져야 하는데 그날은 조용했다. 나
는 한 시청자로서 고소苦笑를 금할 수 없었다. 닥터는 박사의 뜻
과 함께 의사의 뜻을 함께 담고 있지 않은가? 지나간 일이다.

4. 방송 인터뷰

때로 잘못 쓰일 때도 있지만 거의 자주 쓰이는 '인포메이션 information'을 '방송'하는 방법이 바로 인터뷰이다. 토의되는 주제에 대한 준비 지식이 없이 단순한 형식적인 질문을 던지기 때문에 인터뷰하는 사람이 자주 꼭두각시처럼 될 때가 있지만 이때는 인터뷰가 잘못 쓰이고 있는 경우이다.

인터뷰하는 사람이 그 주제에 대한 권위자는 아니다. 또 그가 권위자라 생각해도 안 된다. 그는 공중公衆을 대신해야 하고 인터뷰를 통해 청취자에게 관심 있는 사실을 끌어내도록 시도해야 한다.

준비할 시간이 거의 없는 인터뷰 같은 프로그램을 방송국에서는 자주 방송 순서에 넣는다. 프로그램 제작자는 유능한 인터뷰어로 활동할 수 있게 어떤 아나운서가 그 프로그램에 배정되었으면 하고 기대하는 것이 사실이다.

사전의 충분치 못한 연습은 방송 진행에 지장을 초래한다. 특히 큰 도시에서는 더욱 그렇다. 질문과 응답을 모두 써 놓은 잘 준비된 스크립트, 어떤 때는 제삼자가 쓰기도 한다. 이것을 가지고 방송 시간 바로 전에 인터뷰 받을 사람이 나타나기도 한다.

뿐만 아니라 이 같은 사람은 스튜디오 안에서 그 스크립트를 한 번도 보지 못한 채 인터뷰를 받는다. 인터뷰하는 사람과 인터뷰 받는 사람은 한 번쯤 대충 사전 타협을 가져야 한다.

그러나 때로는 이런 기회조차 가질 수 없을 때가 있다. 그래서 인터뷰 방송이 딱딱해진다. 흔히 그런 결과로 침체된 방송이 되거나 또는 무의미한 방송이 되고 만다. 그리고 그것은 자연스러운 대화로 들릴 수 없고 또 프로그램 참여자가 방송국 본래 의도와는 관련이 없는 것 같게도 들린다.

이것은 확실히 어리석은 진행이고 공중公衆과 방송 어느 쪽에도 온당하지 못한 처사가 되고 만다.

고객을 위한 상담역으로 활동해야 하기 때문에 라디오에 관한 지식을 가지고 있는 외부 제작사의 경우, 물론 그 주제에 대한 온전한 이해를 가지고 이해력 있는 라디오 인터뷰를 써야 할 입장에 놓인다.

말할 연사의 어투와 어휘를 배워야 하므로 그들은 인터뷰 받을 사람과 더불어 연구한다. 그리고 인터뷰 받을 사람이 그 자신이 준비한 자료인 것처럼 혹은 즉흥적인 애드리브가 주어진 것처럼 가정하고 그가 말할 수 있는 형태의 자료를 그들은 연사에게 공급해 준다.

이런 상담 기관이 없을 때는 인터뷰할 사람이 인터뷰 받을 사람을 방송 나가기 며칠 전에 미리 만나보는 것이 현명하다. 그때 그들은 얻을 수 있는 정보의 소스를 메모하면서 주제를 토의할 수 있다. 그러므로 인터뷰하는 사람의 사전 지식만이 아니라 준비하는 중에 그가 얻은 지식을 기초로 해서 이해할 수 있는 합리적인 질문 사항을 그는 준비할 수 있다.

미리 준비된 대본보다는 개략적인 메모를 가지고 방송하는 편이 비교적 좋은 방법이다. 인터뷰는 대부분 인터뷰 받는 사람에 관한 것과 토의할 과제에 관한 것에 의존한다.

인터뷰 받는 사람에게 마이크 울렁증^{fright}이 없고 유창하게 말할 수 있으리라 확신할 때 즉흥적인 문답이 가능해진다.

라디오 청취자들이 포즈^{pause}를 싫어하지 않지만 만약 말하는 도중 오랜 동안이 뜨거나 혹은 많은 군말이 섞이면 방송이 어수선해진다. 이것이 또 가치 있는 시간을 다 써버리는 결과가 된다.

쌍방이 서로 적절히 화순^{話順}을 돌리는 것은 좋다. 적절히 화순을 돌리는 것으로 그 방송이 자연스러운 대화처럼 들릴 수 있기 때문이다.

한편, 쌍방이 동시에 말하는 것은 반드시 피해야 한다. 혼란만 야기하기 때문이다. 손가락을 올리면 말하고 싶다는 의사 표시가 된다.

방송할 때 나타내야 할 요점들을 모두 기재한 40~45초 정도 걸리는 잘 짜인 개요를 손에 들고 있는 것은 좋다. 이때 개요는 명확한 결론의 성격을 띠는 것이어야 하든가 또는 반복성을 갖는 정보 또는 장차 조사 및 연구를 필요로 하는 단순한 사실 환언하면 방송이 사실적이고 정보를 주는 것이든가 아니면 동기와 자극을 주는 방송이라는 방송 목적에 따라 개요도 달라진다.

토크·인터뷰·좌담 등의 형식으로 구성되는 정보를 주는 모든 방송에서 범하기 쉬운 큰 과오는 토크나 인터뷰의 평균 길이인 15분 간의 짧은 시간에 너무 많은 문제들을 취급하는 경향을 띠고 있다는 사실이다.

단 한 번의 방송으로 모든 것을 다 취급하려는 시도로 인해 프로그램 목적이 무엇인지조차 알지 못하고 전체적으로 혼란스러울 뿐 청취자들에게 그 이상 남기는 것은 하나도 없다. 청취자가 인터뷰 목적을 이해할 것이라는 사실을 확신할 수 없으므로 모든 것을 포괄하는 단 한 번의 방송 제작을 시도하기보다 차라리 보다 완전하고 성공적인 한 가지 문제를 취급하는 것이 한층 효과적일 것이다.

타이밍은 또 다른 매우 중요한 문제점이다. 인터뷰 받는 사람은 타이밍에 별로 관심을 두지 않기 때문에 인터뷰하는 사람이 타이밍에 신경을 쓰지 않으면 안 된다. 만약 프로그램이 즉흥적인 문답이라면 각 항목의 질문에 대한 일정한 시간 할당을 하고 방송 전에 배려 깊은 개요를 준비해야 한다.

이 개요를 따르는 것은 인터뷰하는 사람의 책임이 된다. 즉흥 인터뷰가 연습할 때보다 실제 방송할 때 페이스^{pace}가 처지고 이 때문에 약 30~40초의 여유를 미리 계산해야 하지만 즉흥 인터뷰가 항상 유리하다.

그러나 방송 대본이 있고 충실히 연습만 하면 대본에 의한 인터뷰가 비교적 용이하다. 프로그램이 즉흥적인 것이라면 비록 충분한 연습이 따라도 이것만으로는 온전치 못하다.

인터뷰 받는 쪽이 말할 때 주저하거나 또는 전체 진행을 지연시키고 동문서답이 되는 문제나 이야기 줄거리를 상기할지도 모른다. 그러므로 인터뷰하는 사람은 프로그램이 리허설을 할 때처럼 진행되고 있으며 정시에 끝낼 수 있는가를 살피기 위해 시계를 주의 깊게 바라보면서 조금도 방심하는 일이 없어야 한다.

만약 프로그램이 네트워크를 통해 나가든가, 또는 네트워크와 제휴하고 있는 비교적 규모가 큰 방송국에서 나가거나, 혹은 방송국이 정상적으로 로컬 프로그램을 내다가도 곧 네트워크에 연결시켜야 할 때, 타이밍은 특히 중요하다.

비제휴국의 경우에는 타이밍이 항상 중요하지는 않다. 비제휴국의 경우에는 네트워크가 요구하는 14분 30초를 정확하게 지키는 것보다는 시간을 채우는 문제에 일층 더 비중을 둔다. 그러나 비록 소규모의 방송국이라 해도 방송 순서의 시간은 일층 더 잘 지켜지고 있다. 그러므로 타이밍에 대해 부주의한 것보다 오히려 분초를 세분하는 시간적 관념이 더 나은 생각이다.

토크와 인터뷰 프로그램에 있어 다 함께 고려돼야 할 것은 권위의 문제이다. 정보가 알려질 때 가능한 한 그 자신의 권위로 그 정보를 전해야 한다.

앞서도 말했지만 스크립트script는 이따금 방송될 주제에 대해 권위 있는 사람에 의해 준비되고 또 그것은 다른 사람에 의해 읽히거나 전달된다.

이것이 가장 만족스러운 관례는 아니다. 물론 스튜디오로 직접 오거나 혹은 스크립트를 사전에 읽어볼 필요가 없다고 생각하여 프로그램이 시작되기 바로 전에 오는 이른바 권위 있는 인사들 때문에 예측할 수 없는 일이 종종 발생하는 예외도 있다. 이때는 주제에 익숙지 못한 사람에 의해 전혀 무의미한 원고 읽기로 끝나는 수가 대부분이다. 청취자들은 방송 연사의 지식 결핍과 불성실한 태도에 매우 민감하므로 자연 공중의 반응은 부정적으로 나오기가 쉽다.

그러나 만약 방송 연사가 그 자신과 청취자와의 사이에 우정과 성실한 감정을 불러일으킬 수 있다면 그 방송은 효과적인 결과를 가져올 것이다.

방송 연사는 그의 음성과 그의 심적인 태도를 통해 그가 바라는 청취자의 신임과 존경을 받기 위해 청취자를 설득하지 않으면 안 된다. 만약 이 목적이 달성되지 않으면 연사의 노력은 헛된 것이 되고 방송의 목적은 완전히 실패로 돌아간다.

일방적인 토크보다 인터뷰 형식을 쓰는 편이 더 좋은 이유의 하나는 흔히 인터뷰 받는 사람이 그 주변의 관계 인사와 함께 프로그램에 나오도록 초청받을 수 있다는 사실에 있다.

그러므로 인터뷰 받는 사람이 제 뜻을 나타내지 않으면 안 되는 어떤 정보라도 첫째로 경청해 들을 수 있고, 둘째로 바라는 결과를 달성할 수 있는 보다 좋은 기회를 가지게 된다.

또 단순한 인터뷰보다는 대화 형식을 띠게 된다. 그리고 인터뷰하는 사람은 방송에서 매우 적극적인 부분을 다루게 된다. 이렇게 하여 어디에서나 좋은 프로그램이 만들어진다.

다음은 인터뷰에 쓰거나 방송할 때 알아야 할 요점을 항목별로 제시한다.

① 토크와 마찬가지로 인터뷰에도 방송의 참된 목적이 서 있어

　야 한다.

② 내용도 일반적인 흥미와 관심을 갖는 것이어야 한다.

③ 가능하다면 방송하기 3~4일 전 인터뷰어는 그 주제와 익숙해

　지기 위해 인터뷰이와 미리 만나야 한다.

④ 인터뷰어는 어떤 환경하에서도 단순히 허수아비가 될 수는 없다.

⑤ 주제를 말하는 양쪽의 관심과 성실한 태도로 인해 되도록 빠

　르게 청취자들이 그 내용에 납득이 가야 한다.

　몇 가지 요점은 어떤 인터뷰에도 청취자를 교란하지 않기 위

　해 최소한 지켜야 하고 꼭 다루어져야 한다.

⑥ 인터뷰이는 주제에 대해 정통한 사람이어야 한다. 그러나 청

　취자를 전제로 할 아무런 이유는 없다. 혹은 그밖에 방송에

　대한 어떤 목적도 있을 수 없다.

⑦ 방송인은 지나치게 많은 정보를 청취자에게 억지로 주입시키

　려고 시도해서는 안 된다. 만약 주제가 일반의 관심이 크게

　쏠리는 것이라고 하면 몇 회로 나누어 방송할 수가 있다. 몇몇

　관심 있는 문제들은 두 번째 방송을 위해 남겨 둬야 한다.

⑧ 방송국이 즉흥적인 문답을 허용한다면 이 인터뷰 방법은 매

　우 만족스러운 것이 된다.

⑨ 어떤 질문에 답할 때 포즈^{pause}를 두거나 머뭇거리는 일은 허

용되나 오랜 시간이 뜨는 것은 꼭 피해야 한다.

⑩ 시간은 매우 가치 있는 것이다. 시간이 오버하거나 방송 중간에서 화자 이야기를 끊거나 하는 일이 없도록 하기 위해, 그리고 그 개요 상 모든 요점들이 모두 취급될 수 있는가를 알기위해 스톱워치로서 모든 자료의 소요 시간을 세밀하게 체크해야 한다.

⑪ 15~29초를 넘는 질문이나 대답은 있을 수가 없다. 음성과 어조의 변화는 청취자의 관심을 끌고 방송에 생동감을 안긴다.

⑫ 인터뷰이interviewee는 토의하는 주제에 관해 전문성 또는 권위를 가지고 있어야 한다. 그리고 가능하면 그 자신의 원고를 가지고 있어야 한다.

⑬ 낭독자가 아닌 작가로서의 어투를 구사하도록 권고받을 수 있다. 그리고 어떤 누구의 아이디어를 읽는다는 일은 매우 어렵다. 비록 세밀한 리허설이 있다 하여도 이렇게 되면 더듬거리고 서투른 방송이 되기 쉽다.

제7장

감동주는 이야기, 감동받는 이야기

1. '백범일지'와 '도산 안창호'

D. 카네기는 그의 저서를 통해 남에게 감동을 주고자 할 때는 자신이 감동한 이야기를 하라고 일렀다. 저자가 감동 받은 일은 김구 선생의 『백범일지』와 도산 선생의 『전기』주요한이다.

백범 김구 선생이 당시 한인애국단 단원의 자격으로 자동차에 승차한 윤봉길 의사에게 건넨 승용차 밖에서의 인사는물론 작별 인사이지만 비통한 느낌을 준다. 도시락형의 폭탄과 물통형의 폭탄을 받은 윤 의사는 당시 비장한 각오로 차에 올라탔지만 윤 의사를 현장으로 떠나보내는 김구 선생의 심정은 어떠했을까?

윤 군, 우리는 이다음 지하에서나 다시 만나세.

하는 입속말로 작별을 고했다는 백범 선생. 심정이 전해지고 있다. 그리고 승용차는 천천히 행사장으로 출발했다.

상하이 홍구공원, 당시 일본 천황의 생일을 축하하는 기념식에 참석하기 위해 윤 의사가 떠난 것이다. 이 행사에 참석하기에 앞서 윤 의사는 홍구공원 식장 현장을 수없이 사전 답사하고 나서 당일 시각에 맞춰서 행사장으로 향한 것이다. 물론 일군의 삼엄한 경비와 경계 속에 식장 현장에 도착하였다. 당시 상하이는 일본군 수중에 있던 터이다. 윤 의사는 무사히 식장으로 입장하고 식장 단상 바로 앞에서 식단에 엄숙히 앉아 있는 단상의 인사들을 향해 폭탄형 도시락과 물통을 사정없이 힘 있게 던져 폭발시키니 단상 참석 인사는 혼비백산, 식장은 순식간 아수라장으로 변해 버린 것이다. 실로 순식간에 벌어진 일이다. 사건이 터지자 윤 의사는 곧바로 일본관헌에 의해 현장 체포되었다. 취조실에서 심문관이 묻기 시작하였다.

"그대는 이 식장을 사전에 현장 답사한 일이 있는가?"

"있다."

"그때 느낌을 말해 달라!"

"내가 홍구공원 잔디밭을 계속 밟고 지나가서 후에 뒤돌아보니 밟힌 잔디가 그대로 다시 원상으로 서 있더라."

여기서 우리는 감동을 자아내지 않을 수 없는 것이다. 바꿔 말하면 지금은 그대들에게 압제를 받고 있지만 머지않아 우리도 잔디밭처럼 원상회복될 날이 있으리라고 하는 결기에 찬 윤 의사의 기상을 읽을 수 있다.

또 하나의 일화가 떠오른다. 우리 상하이 임시정부가 그곳에 있을 때 도산 안창호 선생이 마침 우리 상하이교민회 회장 이유필 씨의 자택을 방문하기로 약속이 되어 있었다. 그러자 주위에서 선생을 말렸다. 지금 홍구공원 사건으로 상하이 전 시내가 발칵 뒤집혔는데 지금 어디를 간다고 하시냐고 적극 선생을 말렸다. 그러나 약속을 지켜야 한다고, 특히 그 둘째 아들 보이스카우트 단복을 오늘 사주기로 약속했으니 꼭 가야 한다고 길을 떠났다. 약속대로 이 회장 둘째 아들 보이스카우트 단복을 사주고 무사히 돌아오는 길에 프랑스 경찰 노루목의 불심검문을 받게 되었다. 이때 도산 선생의 신병이 일본군 당국에 인계되고 재판을 거쳐 형을 선고받은 뒤 곧 국내에 와서 대전 형무소에 수감되었다. 이때 우리 민족 지도자 몽양夢陽 고당古堂 선생 등과 함께 기념 촬영한 사진은 지금껏 남아 우리에게 교훈을 주고 있다.

민족의 선각 중 한 분이신 도산 안창호 선생은 일찍 평안도 출생으로 서울에 상경, 구세학당지금의 경신고교에 입학·수학하고 독립운동에 매진하셨다. 당시 19세 어린 나이에 만민공동회

관서지부 책임을 맡고 평양에서 행한 쾌재정 연설의 감동은 아직도 남아 우리의 귀감이 되고 있다. 교육이 필요하다고 하여 대성학교를 개교하고, 책을 우리가 많이 읽어야 개명할 것이라 해서 태극서관을 지어 각종 서적을 보급하는 데 힘쓰고, 산업을 일으켜야 한다고 하여 마산동 자기 회사를 설립하였으며, 끝으로 이상촌을 건설하여 우리 겨레를 계몽할 것이라 하더니 이때 득병하시어 당시 대학병원에 입원 가료 중 세상을 떠나셨다.

그분이 남긴 여러 교훈적인 어구가 많지만 "진리는 반드시 따르는 자가 있고 정의는 반드시 이루는 날이 있다. 죽더라도 거짓이 없어라"는 이 한마디 말씀에 저절로 머리가 숙여진다. 언행일치의 인격, 도산 안창호 선생에게 누가 머리를 조아리지 않겠는가? 을사늑약 체결 이후 우리 동포가 거의 모두 국권피탈에 대한 책임을 이완용과 송병준에게 돌려 씌웠을 때 광야에서 도산이 우리에게 들어 보라고 힘차게 외쳤다.

동포여, 어찌 매국노가 이완용, 송병준 두 사람뿐이요? 우선 내가 매국노이고, 2천만 동포 우리 전체가 매국노인 것이요, 우리가 힘이 없었기 때문에 일본에 당한 것이요, 우리에게 힘이 있었다면 우리는 당하지 않았을 것이요. 이제라도 늦지 않으니 우리 힘을 기릅

시다. 그리고 힘을 합합시다. 2천만 동포여!

강화도 마니산 입구에 걸린 현수막의 표어가 우리 눈길을 끈다. "모든 쓰레기는 배낭 속에, 아름다운 추억은 가슴 속에." 관광객에 호소, 함부로 쓰레기를 버리지 말아 달라는 인천광역시가 내건 표어이다.

마니산 등산길에 또 다른 표어가 눈길을 끈다. 강화 영림서에서 내어 건 표어인데 나무를 함부로 꺾지 말라는 설득력을 담은 표어이다. "꺾는 데 1초, 키우는 데 10년!"

2. 벤자민 프랑클린 Benjamin Franklin, 1706~1790

미국 건국 초기의 정치인·문필가·발명가. 보스턴 출생. 필라델피아로 나가 인쇄업에 성공하고, 『가스의 불꽃』 창간, 『가난한 리차드의 달력』을 해마다 간행하고 부와 명성을 얻었다. 또 프랑클린 스토브도 발명했다. 1752년, 연을 하늘에 날려 번개와 전기의 동일성을 실증하고 피뢰침을 발명했다. 1753년 우정부서 부장관이 되어 1756년 영국에 부임, 1768년~1775년간은 영국 주재 미국의 비공식 대사가 되고, 독립전쟁과 동시에 귀국, 제2회 대륙회의 멤버가 된다. 1776년에는 프랑스 대사, 1787년에는 헌법제정회의 멤버가 된다. 미국 역사상 중요한 4대 문서인 독립선언, 대프랑스 동맹조약, 대영 강화조약, 합중국 헌법 등에 모두 서명한 유일한 인물이다. 1790년 필라델피아에서 숨을 거둔다. 그는 미국 건국의 아버지, 천둥번개의 선생, 아메리카의 현자, 만능의 프랑클린으로 불린다.

가난한 양초 상점에서 태어나 각고면려 끝에 '건국 아버지의 한 사람'이라 부를 정도로 성공한 입지전立志傳은 그의 회상록으로 남김없이 전해지고 있다. 여기서 그는 근면과 절약으로 투철했던 사실이 부에 이르는 길인 동시에 덕에 이르는 길임을 주장했다. 해마다『가난한 리차드의 달력』에 나오는 단편적인 금언·경구 가운데 주요 대목을 모아 하나의 줄기 있는 이야기로 만들어 어느 연로한 신부가 경매에 몰린 군중을 향해 말한 설교 형식으로, 1758년용 달력 앞부분에 실린「부자에의 길」이라 제목 붙인 소편의 글이다. 여기에는

"잠자는 여우는 한 마리 새도 잡을 수 없다."

"공원묘지에는 잠자는 사람이 얼마든지 있다."

"게으름은 무엇이건 일을 어렵게 하지만 근면은 모든 일을 쉽게 풀어간다."

"일을 좇아야지 일에 쫓기면 안 된다."

"일찍 자고 일찍 일어나면 사람이 강해지고 풍부해지고 현명해진다."

"음식을 많이 먹으면 의지가 꺾인다."

"여자와 술, 도박과 사기는 부가 줄어들고 부족이 늘어난다."

"작은 물방울이 큰 배를 침몰시킨다."

"빈 자루는 세워놓을 수가 없다."

등등의 속담이나 경구가 자주 나와 근면과 '처세훈處世訓'을 설명하고 있다.

또 그는 젊은 시절, "어느 경우라도 잘못을 저지르지 않고 살며 타고난 성벽, 습관, 교우를 위해 빠지기 쉬운 허물일랑 모두 극복하고 싶다"고 생각해 도덕적 완성에 도달하고자 계획하고 13개 덕목을 설정하여 이의 실천을 위해 노력했다. 이 덕목들은 절제, 침묵, 규율, 결단, 절약, 근면, 성실, 정의, 중용, 청결, 평정, 순결, 겸양 등이다. '독립선언'에 서명하게 되었을 때 대륙회의 의장 존 행콕이 최초로 서명한 후 "우리는 전원 일치hang together가 아니면 안 된다"고 말한 데 대해 프랑클린은 즉각 이에 덧붙여 "물론입니다. 우리는 진실로 전원 일치로 단결하지 않으면 안 됩니다. 만약 그렇지 않다면 우리 모두는 각각 올가미 쓰고 매달릴 것이hang separately 분명합니다" 하고 덧붙였다.

『부의 형성과 분배에 관한 성찰』의 저자 추르고는 프랑클린에 대해 "그는 하늘에서 천둥번개를, 그리고 이어서 전제자로부터 홀을 빼앗았다"는 경구를 바쳤다.

영국 철학자 흄은 프랑클린 앞으로 보낸 편지 가운데서 "미국은 많은 물건, 금, 은, 사탕, 담배 등을 우리에게 보내주었다. 그러나 당신이야말로 우리가 미국에 대해 은혜를 받고 있다. 최초의 철학자, 아니 최초의 위대한 학자"라고 말하고 있다.

프랑클린은 전기학 사상 가장 중요한 서한을 피터 코린손 앞으로 보냈으며, 여기서 전기에 음양陰陽 2개 성질이 있음을 지적한 새 학설을 제안하고 있다.

벤자민 프랑클린의 자서전自敍傳에서 '화법'에 관한 사항을 뽑아보면 이렇다.

① 상대방 의견에 절대적으로 반대하지 않는다.
② 자기 의견을 단정적으로 주장하지 않는다.
　 '꼭', '틀림없이' 대신 "내가 틀리지 않으면 이렇겠지요."
　 "지금 경우로 보면 이렇다고 생각합니다."
　 "이런 이유에서 그렇게 생각되지 않는군요."
　 "아마 그럴 것이라고 생각합니다만."

③ 상대방이 틀려도 정면 공격을 피한다.

　　"때와 경우에 따라 그의 의견이 옳겠지만 현재의 경우 아무래

　　도 틀린 것 같다. 나는 그렇게 생각한다."

④ 피차 유익하지 않은 이야기는 침묵한다.

3. 노자는 『도덕경』에서 말한다 『도덕경』 45장

　　위대한 웅변은 눌변訥辯과 같아 많은 말을 하지 않는다.

　　진실한 말은 아름답지 않고 아름다운 말은 미덥지 않다.

장자가 내물 편에서 말한다. 참된 변론은 말로 하지 못한다.

4. 언어에 대한 이해

- 언어에는 음성과 의미가 있다.

- 음성 언어와 기록記錄 언어가 있다.

- 발음법과 표기법이 있다.

- 언어는 변한다.

1) 국어에 대한 이해

① 표준어가 있다.

② 맞춤법이 있다.

③ 표준 발음법이 있다.

2) 어문語文 규정 1988년 1월 19일 정부 고시

① 표준어는 교양 있는 사람이 두루 쓰는 현대 서울말이다.

② 맞춤법은 표준어를 소리 나는 대로 적되 어법語法에 맞도록 적는다.

③ 표준 발음법은 표준어의 실제 발음을 따르되 국어의 전통성과 합리성을 고려한다.

④ 국어는 변한다.

3) 의미에 대한 이해

① 의미에는 사전적 의미가 있다.

② 의미에는 문맥적 의미가 있다.

③ 의미에는 상황적狀況的 의미가 있다.

④ 의미에는 행간적行間的 의미가 있다.

⑤ 의미에는 추리적 의미가 있다.

⑥ 언어에는 언외적言外的 의미가 있다.

⑦ 언어에는 학술적 의미가 있다.

4) 코집스키Korzybski의 '일반 의미론'

지도地圖는 현지現地가 아니다.

① 지도는 현지가 아니다.

② 지도는 현지의 모든 상황을 모두 기재記載하지 못한다.

③ 지도는 현지를 대신하는 것뿐이다.

언어는 사실이 아니다.

① 언어는 사실이 아니다.

② 언어는 사실의 모든 사항을 모두 담지 못한다.

③ 언어는 사실을 대신하는 것뿐이다.

우리말 학습의 방향은 문장文章 중심에서 문장과 동시에 '화법話法'을 균형 있게 학습하는 쪽이 중심이 되어야 한다.

5. 건강한 몸에서 좋은 목소리가 나온다

- 수면 시간에 충분한 수면을 취한다.

- 일정 횟수의 탕욕湯浴이 좋다.

- 이따금 하는 소금물 가글이 좋다.

- 걷기와 주기적인 등산 운동이 좋다.

- 평소 발음 기관을 혹사하지 않는다.

- 구강 내 타액 분비가 알맞아야 한다.

- 이따금 하는 노래방 발성 연습이 나쁘지 않다.

- 술과 담배는 가능한 대로 안 하는 것이 좋다.

- 꿀물, 과일과 오미자차가 좋다.

- 달고 쓰고 시고 짜고 매운 맛이 고루 조화를 가져야 할 것이다.

- 공명共鳴 기관인 복부, 흉부, 두강, 구강, 비강, 인후강 등에
  유의한다.

- 박하사탕이 좋다. 드롭스, 목캔디 등이 좋다.

- 모든 주스류가 좋다.

- 기침에 박하사탕, 뜨거운 물, '용각산' 등이 좋다.

6. 삶의 지혜智慧

1) 인생의 고뇌 없애기

① 고뇌는 신장의 징후로 본다.

② 오늘은 새로운 인생이다.

③ 최악의 상태에 직면해 이를 개선한다.

④ 종교·음악·웃음·수면이 매우 중요하다.

⑤ 매사 바빠야 한다.

⑥ 잊을 것은 곧 잊도록 한다.

⑦ 불가피한 일은 가급적 타협한다.

⑧ 평소 쾌활하게 사고하고 행동한다.

⑨ 자기 것에 늘 만족하고 행복을 느끼며 신에게 감사한다.

⑩ 일상에서 고뇌를 셈하기보다 축복받은 것을 셈하라.

2) 인생에서 승리하려면

① 밤이 지나면 아침이 온다는 사실을 깨닫는다.

② 겨울이 지나면 봄이 온다는 사실을 믿는다.

③ 폭풍우가 지나면 쾌청이 전개됨을 확신한다.

④ 죄지은 다음에도 용서가 있음을 기억한다.

⑤ 패배한 뒤에도 극복의 기회는 꼭 있다.

⑥ 구름 낀 날씨 저 너머에 햇볕이 있음을 확신한다.

⑦ 느끼지 못해도 사랑을 확신한다.

⑧ 오래 침묵이 흘러도 꼭 신을 믿는다.

3) 「시간의 철학」, 버트랜드 러셀영국의 철학자, 1872~1970

① 생각하는 시간을 갖도록 하자. 그것이 판단과 행동의 원리이기 때문이다.

② 독서하는 시간을 갖도록 하자. 독서가 지혜의 샘임을 확신하기 때문이다.

③ 기도하는 시간을 갖도록 하자. 기도가 용기와 신념의 원천이기 때문이다.

④ 사랑하고 사랑받는 시간을 갖도록 하자. 사랑이 기쁨과 행복의 원천이기 때문이다.

⑤ 놀고 쉬는 시간을 갖도록 하자. 스트레스 해소와 함께 위락을 주기 때문이다.

⑥ 친구 사귀는 시간을 갖자. 친구는 영원한 재산이기 때문이다.

⑦ 웃는 시간을 갖자. 웃음은 영혼의 음악이기 때문이다.

⑧ 일하는 시간을 갖자. 일은 삶의 보람이기 때문이다.

⑨ 자선을 베푸는 시간을 갖자. 자선은 복을 심는 기초이기 때문이다.

제8장

전영우, 저서 및 번역서
머리말 또는 마무리 말

1. 『아리스토텔레스의 레토릭』
번역자 서문역자 전영우, 2024

1950년대 세계적 스피치 연구에 관심을 가지면서 우선 헤롤드 젤코의 저서 *How to Become a Successful Speaker*를 우리말로 옮겨 1962년 을유문화사에서 구미歐美 신서 42집 『화술의 지식』을 출판하고 동년 대학원에서 '유럽 스피치 교육사 연구'로 석사학위를, 1989년 '한국 근대 토론사 연구'로 박사학위를 취득한 역자는 1998년 한국화법학회를 창립, 학계에서 동학을 규합했다.

회원들의 연구 열의는 대단하나 내용을 살펴볼 때 스피치 원전에 대한 연구가 소홀함을 깨닫고 아리스토텔레스의 『레토릭』을 번역하기로 결심했다.

이 분야가 우리나라에서 단지 '수사학'으로 알려져 오지만 사실상 '변론법'의 의미가 보다 더 강하다고 생각한다. 변론가,

웅변가, 연설가 등의 교재로 오랫동안 각광을 받아온 원전이 바로 『레토릭』이기 때문이다.

오늘날 '스피치 커뮤니케이션' 연구에 관심을 갖는 학계와 교육계 인사는 물론 법조계, 정계, 종교계 인사들이 참고해야 할 고전 필독서이기에 흔연히 『레토릭』 번역에 착수한 것이다. 역자가 참고한 원서는 이미 1차로 번역된 영문판과 일문판이 므로 이 번역본은 이중 번역이 된다.

하지만 넓고 깊은 아리스토텔레스의 레토릭 탐구에 다만 감탄의 소리가 절로 나온다. 기원전 384~322년의 아리스 토텔레스가 이 책을 어떻게 썼을까 하는 감동마저 자아낸다. 그는 변론법을 "어떤 경우에도 각각의 사례에 적용 가능한 설 득 방법을 창출해 내는 능력"이라고 정의하고 플라톤의 경험 에 의한 '능숙함'이라는 종래의 변론법도 그 성공의 원인을 잘 방법화해 '레토릭'을 기술로 성립시켰다. 바로 이 책이 후세의 '변론법', '수사학'에 크나큰 영향을 미친 '그리스 변론법'의 정 수라 보겠다.

옛 현자의 원전을 찾아 음미·저작·반추하는 일이 곧 미래지 향적인 학구 태도라는 데 의견을 같이한다면 이 『레토릭』은 벌 써 그만큼 무게와 가치를 더한다. 일부 장절章節이 수사법이라 해서 전체를 수사학이라 이름 붙이는 일은 성급한 일이다. 오히려 '변론법'이라 이름 붙이는 편이 합리적이고 타당하기 때문이다. 이 문제는 일단 원전을 읽고 난 다음에 재논의해도 늦지 않을 것이다.

역자의 무딘 붓끝이 행여 원저자 아리스토텔레스의 본래 의도에 유리되거나 왜곡되는 일이 있다고 하면 그것은 전적으로 역자의 허물이 될 것이다. 역자에게 많은 도움을 준 두 나라 1차 번역자들에게 고마운 뜻을 표한다.

『아리스토텔레스의 레토리케』가 원제목이지만 그리스어 '레투리케'를 영어 '레토릭'으로 바꾸었다. 그리고 부제로 "설득의 변론 기술"을 덧붙였다. 말하자면 이 책은 변론과 설득의 지혜를 우리에게 가르쳐 줄 것이기 때문이다.

2. 아리스토텔레스, 『니코마코스 윤리학』 번역 마무리 말2018

번역이 쉬운 일은 아니다. 번역자는 새롭게 공부하는 자세로 번역에 임했다. 그동안 배운 지식이 많지 않은 터에 번역에 나서고 보니 부끄러운 점이 한둘이 아니다. 먼저 정성 들여 이 책을 읽어준 독자 여러분에게 감사의 뜻을 드린다.

우리 지구상에서 가장 많이 읽힌 책이 어떤 것인가 할 때, 첫손에 꼽는 것이 그리스도교의 『성경』이고, 두 번째로 많이 읽힌 책이 유교 『논어』라 알고 있다. 불교 경전도 독자가 많다.

그밖에도 좋은 책이 많지만 번역자는 네 번째 자리에 아리스토텔레스 『니코마코스 윤리학』을 올려놓고 싶다. 그래서 번역자는 부제를 붙여 이 책을 "바르게 사는 인간의 도리"라 이름을 붙여 보았다.

온고이지신溫故而知新이라면 "옛것을 익히고 그것을 미루어 새로운 것을 안다"는 뜻이다. 이 말은 고전의 학습이 왜 필요한가를 단적으로 알 수 있는 사자성어이다.

공자B.C.552~479는 중국 춘추 시대 말기 사상가이다. 그의 이상은 주공周公의 정치에 있다. 그가 창시한 여러 제도를 부활하고 가족 도덕을 기반으로 하는 덕치주의를 가지고 주초의 봉건 제도 시대를 재현하려 했다. 사후에 그의 제자들이 편집한 '언행록'이 바로 『논어』이다. 따라서 『논어』는 공자 왈曰로 그의 언행을 기록했다.

고타마 싯다르타B.C.463~383는 석가모니로 알려진다. 그는 현실 생활의 '고苦'를 어떻게 벗어나는가를 설하여 매우 실천적인 것으로 극단적인 수행을 피하고 윤리적 및 도덕적 측면을 강조하며, 생활의 정화를 주장했다. 사후, 제자에 의한 그의 언행록이 경전으로 전해진다. 이때 제자는 여시아문如是我聞 하고 석가모니의 말을 전했다.

예수B.C.4~A.D.30는 그리스도교의 창시자이다. 그는 신의 나라가 도래함을 설파하고 가난한 자는 구제된다는 가르침으로 종교 활동에 들어갔다. '성경' 또는 '성전'이라 함은 종교상 신앙의 최고 법전이 되는 책이다. 그리스도교의 『성서』, 불교의 『팔만대장경』, 유교의 『사서오경』, 이슬람교의 『코란』 등을 가리킨다.

『신약 성서』는 그리스도 탄생 후 신의 계시를 기록한 그리스도교의 성전인바, 모두 27권으로 이루어졌다. 따로 『구약 성서』는 예수 그리스도를 세상에 보내기 전까지 하느님이 이스라엘 백성에게 준 구원의 약속을 담은 그리스도교 성서의 한 부분인 것이다. 모두 39권이다.

아리스토텔레스의 저작을 그의 아들 니코마코스 등이 편집한 본서는 23세기 동안 오랜 기간을 지나고 오늘 우리에게 남겨진 고전 중의 고전이다. 아리스토텔레스는 그리스 철학자이다. 스타게이로스의 의사 니코마코스의 아들이다. 18세 때 아테네로 나가 20년간 플라톤에게 배웠다. 49세 때, 아테네에 리케이온으로 부르는 학원을 열었다. 61세까지 학을 강하였다. 후에 칼키스에서 돌아갔다.

그는 논리, 생물, 심리, 윤리, 정치, 역사. 미학 등의 방대한 연구를 체계화했다. 그의 학문은 중세 스콜라 철학을 비롯해 후세 여러 학문에 큰 영향을 미쳤다. 저작에 아리스토텔레스 전집 17권이 있다.

윤리는 사람으로서 마땅히 행하거나 지켜야 할 도리이고 윤리학은 인간 행위의 규범에 관하여 연구하는 학문이다. 윤리학은 도덕의 본질, 기원, 발달, 선악의 기준 및 인간 생활과의 관계를 논구論究한다.

본서는 *Ethika Nicomacheia*라는 이름으로 전해 오는 아리스토텔레스의 저작 전역 중 1~10권의 번역이다. 목차는 본서 내용을 개관하는 편의를 위해 번역자가 붙인 것이다. 물론 원작에는 없다. 역시 부제목도 번역자가 달았다.

3. 『표준 한국어 발음 사전』 3판 머리말[1992]

오직 한 가지 일에만 전념한 것은 아니지만 사전 편찬에 착수한 지 40년 만에 이제 6만 5천의 표제어를 수록한 신판을 새로 상재上梓하게 되니 저자로서 매우 기쁘다. 언어의 발음은 시대의 흐름에 따라 끊임없이 변화하는 것이므로 발음 사전의 편찬이 결코 쉬운 일은 아니다. 비록 표음 문자라 하더라도 철자가 실제 발음을 정확히 반영하지 못하는 경우가 있으므로 국어사전은 마땅히 표제어에 국제 음성 기호[IPA]로 발음기호를 병기해야 하나 국어사전이 아직 발음 표기보다 의미와 용례 기술에 일층 더 비중을 두는 실정이다. 이 점을 보완하여 발음 사전이 편찬된 지 40년을 헤아린다.

1962년 저자의 사전을 비롯하여 1984년 남광우 외, 1992년 이은정, 1993년 한국방송공사, 1998년 이주행 외의 발음 사전 등이 차례로 간행되었다.

21세기에 접어들었으나 아직도 여전히 모국어 정도는 누구나 쉽게 할 수 있다는 일부의 안이한 자세에 주의를 환기하고 동시에 국어의 음성 언어 순화에 박차를 가하기 위해 신판을 선보인다.

영어가 이미 지구상에서 국제 공용어로 자리매김한 지 오래되고 영어 사용국을 뺀 세계 각국이 자국민의 영어 학습에 경쟁적으로 힘을 기울이고 있는 것이 작금의 추세이다. 그만큼 영어가 국제적으로 우리에게 중요한 생존 수단이 되고 있으나 이에 못지않게 관심을 기울여야 할 언어 수단이 바로 한국어이다.

1933년 「한글 맞춤법 통일안」, 1936년 「사정한 조선어 표준말 모음」을 조선어학회에서 결정하여 발표한 바가 있고,

광복 후 1957년 한글학회가 『우리말 큰사전』을 완간完刊하여 우리말 생활의 새로운 준거가 되게 하였으며, 1988년 마침내 국립국어 연구원이 그동안의 숙원이던 「한글 맞춤법」, 「표준어 규정」표준어 사정 원칙, 표준 발음법을 공표하자 정부 고시로 1989년 3월부터 우리말 생활이 새 규정을 적용받기에 이르렀다. 아울러 2000년 7월 정부에서 발표한 「새 로마자 표기법」으로 인하여 우리말 발음 표기에도 새로운 기준이 서게 되었다.

말하기와 듣기 생활에서 핵심 되는 부분이 바로 '발음법'임에도 불구하고 이 점이 종전의 국어 교육에서 소홀히 다루어져 일상의 우리말 발음의 난맥상을 드러내 보이니 신세대 언어에 고저는 거의 자취를 감추고 장단마저 잘 지켜지지 않는 현상이 나타나고 있다. 일상의 우리말 생활에서 빚어지는 일반의 발음 오용 실태와 기존의 발음 사전이 가지고 있는 문제점을 상세히 검토해 보면 저자는 몇 가지 새로운 사실에 직면하게 된다. 일부 시민이,

① 맞춤법 표기를 실제 발음으로 알고 있다.

② 외국어 발음과 외래어 발음을 구분하지 않는다.

③ 비표준어 발음과 표준어 발음을 구분하지 않는다.

④ 로마자 표기와 발음 표기를 혼동한다.

⑤「표준 발음법」규정을 모르는 경우가 있다.

한편,

⑥ 정서법과 발음법이 정확하게 대응하지 않는 경우가 있다.

⑦ 발음 사전이 의미를 제대로 밝히지 않아 독자의 표제어 파악에 걸림돌이 된다.

⑧ 발음 사전이 음성 표기에 정밀한 기호를 사용하는 경우가 있어 이를 일반이 쉽게 이해할 수 없다.

⑨ 연접 현상으로 인하여 합성어의 실제 발음에 복수 현상이 나타난다.

⑩ 같은 한자라도 환경에 따라 장단음에 차이가 생긴다.

⑪ 같은 한자라도 관행에 따라 발음에 차이가 생긴다.

⑫ 된소리되기를 인정하느냐 여부로 사전마다 차이가 있다.

이 같은 문제를 심사숙고한 끝에 저자는 신판 발음 사전 편찬의 기준을 세웠다.

① 한자음 표기에 세심하게 주의한다. 한자 및 한자어의 발음 표기에서 의미와 관용에 따라 같은 한자가 다르게 발음되는 현

상에 주목하고 정확한 고증을 거쳐 이를 반영한다.

② 파열음 'ㄱ ㄷ ㅂ'를 [g d b]로 표기하는 것을 기본으로 하되 자음 앞이나 어말에서는 [k t p]로 표기한다.

③ 전통성을 고려하여 발음 표기에 고설화高舌化 표시를 한다.

④ 온전한 장음만 표시하고 반半 장음은 표시하지 않는다.

⑤ 「표준 발음법」 규정을 기준으로 하되 명문 규정이 없는 항목은 언어 현실에 따른다.

⑥ 표제어의 의미가 분명해야 독자에게 발음 표기가 정확히 인식되므로 표제어의 의미 표현에 특히 유의한다.

⑦ 연접 현상Juncture으로 인하여 부득이 발생하는 합성어의 복수 발음은 허용하는 범위 안에서 하나만 선택한다.

음성 언어가 시민 사이에 널리 인식되는 시기가 바로 방송 발전과 무관하지 않다고 생각한다. 바야흐로 방송에도 디지털 시대가 열리면서 방송이 참으로 눈부신 발전을 거듭하고 있다. 컴퓨터 역시 기술 발전이 괄목하여 컴퓨터에 의한 언어의 대량 통계 처리가 일층 용이해 졌다.

새천년의 시작과 더불어 언어 연구의 성과에 시민의 관심이 집중되고 이와 동시에 음성언어의 변화 추이에도 비상한 관심이 모아지고 있다. 언어는 항상 변화한다. 따라서 언어의 변화에 생성과 소멸이 따르는 것은 당연한 일이다.

그러나 한 시대의 표준을 정해야 한다. 그것이 바로 「표준 발음법」이다. 앞으로 남은 문제는 언어에 대한 시민의 인식이다. 온 국민이 언어에 대하여 깊은 통찰을 가질 때 언어 순화에 속도가 붙게 될 것이다.

일상으로 쓰이는 현대 언어 가운데 사용 빈도가 잦은 말, 생명력이 강한 말, 세련되고 순화된 말 등에 새 규정을 적용하여 발음 현상을 IPA로 표기한 것이 이 사전이다. 음성언어의 본래 모습 음성언어의 현상 추구를 시도할 뿐 단순하게 언어의 이상적 기술에 급급하지 않았다.

발음 표기에 있어 「표준 발음법」의 제정 기준인 현실성, 전통성, 합리성에 충실하고자 노력하였다.

언어에 대한 시민 인식이 좀 더 깊어지고 마침내 그것이 언어에 대한 이상과 현실의 조화로 접근이 가능해진다면 저자의 발음 사전 편찬 의도가 보다 분명해질 것이다. 네 번째로 새 판을 짠 전영우 지음 『표준 한국어 발음 사전』의 편찬 경과를 간략히 덧붙인다.

1판, 1962년 정부공보부에서 출간하고 수록 표제어 수는 5천이다.

2판, 1984년 KBS 방송 사업단에서 출간하고 수록 표제어 수는 8

천5백이다.

3판, 1992년 집문당에서 출간하고 수록 표제어 수는 만이다.

4판, 대폭적인 개정 증보로 2001년 민지사에서 신판을 출간하고
수록 표제어 수는 6만 5천에 이른다.

그동안 저자에게 많은 도움을 주신 허웅 박사, 이응백 박
사, 배윤덕 박사와 민지사 이태승 사장에게 각각 감사의 뜻을
표한다.

4. 『표준 한국어 발음 사전』
최신 증보판 머리말[2007]

방송을 시청한 뒤 방송인의 어문 문제 한두 가지는 누구나
쉽게 지적하지만 이에 대하여 전체적으로 완벽하게 해명할 수
있는 전문가가 의외로 드물다. 언어는 항상 변하는 속성을 지
니기 때문이다.

2001년 민지사판 『표준 한국어 발음 사전』 출간 이후 외래
어 표기와 그 실제 발음에 괴리 현상이 보여 이를 현실에 맞게
바로잡아 추가하는 한편 일부 방송인이 표기와 발음의 차이를

인식하지 못하고 표기대로 발음하는 극히 자연스럽지 못한 현상이 발견되어 이를 정확히 반영하였다. 한편, 사용 빈도가 떨어지는 일부 표제어를 빼고 대신 신어 천여 개 항목을 보충하여 최신 증보판을 짰다.

한글은 로마자와 함께 소리글이지만 소리 나는 것을 소리 나는 대로 옮겨 적기는 그렇게 용이한 일이 아니다. 소리는 구체적이고 다양하나 글자는 본래 추상적이고 개념적이기 때문이다. '국제 음성 기호'가 창안된 배경도 실은 여기에 있다고 본다.

그러나 음성 기호라 하여 말소리를 그대로 옮겨 적기는 매우 힘들다. 이처럼 실제 음성을 문자 내지 기호로 표기하는데 한계가 있음을 인식하지 않을 수 없다.

한글은 말소리를 비교적 그대로 옮겨 적지만 모든 말소리를 다 그대로 옮겨 적지 못한다. 그러므로 만약 표기대로 읽는다면 아무래도 무리가 따른다.

따라서 발음 문제를 논의할 때 기본적으로 발음이 표기와 궤도를 달리한다는 점에 주목할 필요가 있다. 「표준 발음법」이 제정 공표된 이유가 여기에 있기도 하다.

일반 국어사전이 의미와 용례를 소상히 밝힌 반면 발음 표시는 필요한 경우로 국한하고 있어 별도로 국어 발음 사전을 편찬하여 독자의 요구에 부응하게 되는 것이다.

　이 사전은 발음상 문제 있는 핵심 표제어만 뽑아 발음 실현을 정확하게 표시하는 데 정성을 기울였다. 발음 사전의 편찬에 착수한 지 45년 만에 개정 증보 5판을 내게 되니 저자로서 자못 감회가 새롭다. 강호 제현의 기탄없는 질정을 기대한다.

제4부

'교양 화법' 입문
격조 있는 연설과 품위 있는 대화

"하버드 대학 글로벌 최고 경영자 과정[HLP]", 2022년 4월 15일 금요일, 서울 롯데호텔 에메랄드룸에서 각계각층 지도자 50여 명이 연수생으로 참석했다. 그 제1기 강의자료를 전재轉載한다.

— 전영우수원대학교 명예교수, 전 KBS 아나운서 실장

커뮤니케이션의 기본 이해를 위한 원전이 바로 아리스토텔레스의 『레토릭』인 바, 우리는 이 레토릭을 막연히 '수사학'이라 옮겨 쓰고 있지만 사실은 '변론법'이라 옮겨 써야 한다. 여기서 아리스토텔레스는 레토릭을 어떤 경우이든 각 사례에 적응할 '설득 방법'을 창출하는 능력이라 정의하고 방법을 기술과 비기술로 나누었다. 기술은 논자의 인품ethos, 한쪽으로 모이는 청중의 정서pathos, 논자의 언론logos 등 3요소이고 비기술은 증인, 자백, 물증 등 입증이라고 지적했다. 『레토릭』은 1권 논자, 2권 청자 및 청중, 3권 언론 등 전 3권으로 구성되며 21세기에 와서도 레토릭 연구는 열기熱氣가 고조되는 가운데 새로운 각광을 받고 있다..

제1장
먼로^{Alan H. Monroe}의 스피치 과정

1단계

화자가 청자 의중으로 전달하기를 바라는 화자 의중의 한 아이디어로 스피치 커뮤니케이션은 시작된다.

화자가 어떻게 아이디어를 획득했는가^{관찰 독서 혹은 수집한 정보를 통해}하는 것은 아직 무관한 일이다. 아이디어를 가지고 이를 말하고자 한다는 화자 의도로 시작한다.

2단계

화자는 아이디어를 어느 종류의 언어 기호로 옮겨야 한다. 어, 절, 구 또는 문으로 옮겨야 한다. 그러나 지금까지 이같은 언어 기호는 오직 정신적 개념일 뿐이다. 이것이 화자 의중에서 발생해야 하고 이것을 상대가 들을 수 있게 해야 한다.

3단계

중추 신경 계통의 신경 자극이 스피치에 작용하는 복잡한 근육 계통을 조절하지 않으면 안 된다. 호흡근, 후두근, 악근, 설근, 순근 등을 말한다.

4단계

이 같은 근육 등이 적절한 음을 발하기 위해 조절된 작용으로 반응하지 않으면 안 된다. 그러나 이 같은 음이 어語와 문文이 된 것은 아니다. 단순히 화자를 에워싼 미분자 공기에 의한 한 파형이다.

5단계

공기를 통한 이 같은 파형의 외부 작용이 청자의 고막을 때릴 때 화자는 청자에게 음을 전달한 셈이 된다. 음파를 전파로, 다시 전파를 음파로 변환하는 전화 및 라디오의 활용은 2차적 단계를 보인다.

6단계

청자의 귀에서 압축되고 희박해진 공기파가 다시 신경 자극으로 전이轉移된다.

7단계

공기파는 청각 신경에 의해 뇌로 전이轉移된다. 이때 비로소 청자는 음을 청취한 결과가 된다. 그러나 아직 화자를 이해했다고 할 수 없다.

8단계

청자는 신경 자극을 어와 문의 언어 기호로 인식해야 한다.

9단계

청자는 일련의 언어 기호에 의미意味를 부여해야 한다.

10단계

청자는 이 점에 반응하고, 또 다른 한편 청자 반응을 관찰하고 순환 반응 속에서 화자는 청자 반응에 다시 반응한다.

커뮤니케이션 과정은 앞에 보인 먼로의 '10단계 과정'을 온전히 거칠 때만 무결점이다. 위 과정에서 화자가 청자에게 곡해되는 경우가 없지 않은 근거를 충분히 짐작할 수 있다. 화자 및 청자 사이에 이 같은 일련의 사실이 존재할 때 어디서든 의사 전달의 단절 혹은 왜곡이 발생, 자기가 의도한 것이 아닌 다른 아이디어를 청자가 수용하는 결과를 초래할 수 있다.

2단계 : 화자에 의한 어휘 선택의 미숙

3 · 4단계 : 온전하지 못한 조음과 발음

5단계 : 외부 소음의 간섭

6 · 7단계 : 반롱半聾 상태의 청자

8 · 9단계 : 청자의 부적절한 어휘 수용 혹은 의미 왜곡

10단계 : 청자 반응을 잘못 관찰한 화자의 곡해曲解

앞의 현상 가운데 어느 하나라도 발생하면 화자의 아이디어가 청자에게 왜곡되거나 혹은 불완전한 커뮤니케이션을 초래할 수 있다.

제2장

격조格調 있는 연설

연설은 연사가 수많은 공중公衆을 상대로 자신의 평소 지론持論이나 견해 등을 말하는 화법이다.

연설은 그 성격에 따라 의사당 연설, 선거 유세, 시민대회 연설, 종교집회 연설 등으로 나눌 수 있고, 목적에 따라 설명 연설, 보고 연설, 설득 연설, 환담 연설 등으로 나눌 수 있다. 그 밖에 법정의 검사 논고와 변호사 변론 등도 연설의 일종이다.

또 준비에 따라 원고 연설, 메모 연설, 암기 연설, 즉석연설 등으로 분류하기도 한다.

최근 연탁 앞에 '프롬프터'를 설치하고 연사가 이를 보고 말하는 연설 방식이 새로 등장했다.

연설이라 하면 웅변을 연상하기 쉽다. 웅변은 과장된 음성으로 수사적 표현에 치중하는 경향이 있어 내용이 공허한 경우가 없지 않다. 변사가 책임 없는 내용으로 웅변하는 경우 선동 또는 궤변을 뜻하기 쉽다. 궤변詭辯은 이치에 맞지 않는 사실을 그럴듯하게 둘러대는 말이다.

그러나 최근 고성능 확성 장치가 발달하여 시종일관 큰 소리로 절규하듯 말할 필요가 없고 대화하듯 자연스럽게 얼마든지 연설할 수 있다.

연설은 언제나 진실하고 가치 있는 내용을 자유롭고 짜임새 있게 말하면 청중의 호응을 얻을 수 있다.

오늘의 연설은 자신의 신념이나 주장을 많은 사람에게 전달하는 화법이므로 민주주의 사회에서 필요 불가결한 의사 전달의 중요한 구실을 수행한다.

나아가 훌륭한 지도자의 진실하고 참정 어린 명연설은 국가 및 민족의 운명에 큰 영향을 미친다. 이 같은 예는 인류의 역사 가운데 얼마든지 찾을 수 있다. 따라서 우리가 민주 사회의 지도자가 되기 위해 훌륭한 연사로 능력을 기르는 일은 무엇보다 중요하다. 연사는 보통 누구에게, 무엇을, 어떻게 말해야 하는가 하는 3하 원칙에 입각하여 말하게 된다.

그러므로 연설에 앞서 연사는 첫째, 청자 및 청중 분석에 비중을 두되 연사의 이야기가 진실인가 허위인가, 진실인가 과장인가, 진실인가 가식인가 하는 청중의 여과장치적 반응을 예상하고, 둘째, 내용 구성은 주제 및 화제 선택과 함께 '아웃트라인outline' 작성법에 주안을 두되 셋째, 언어와 동작의 표현은 발음 및 음성 실현과 함께 제스처gesture도 유념해야 한다.

우선 염두에 둘 것은 '자연스러움'이다. 자연스러워야 진실하고, 진실해야 설득력이 있다. 말만 풍성하게 늘어놓고 행동과 실천이 따르지 않을 때 "말보다 실천!"이 설득력을 갖는 것이 사실이지만, 오늘에 와서 이 구호는 오히려 시대 조류에 걸맞지 않는 호소로 변모했다. 남과 더불어 빈번히 협의하고 활발히 협력해 나가야 비로소 우리는 세계화의 새로운 조류를 타고 일상적인 삶을 영위해 나갈 수 있기 때문이다.

그러므로 우리는 '언행일치,' '지행합일'의 자세를 견지할 필요가 있고 "백지장도 맞들면 낫다"는 속담을 새삼 음미해 볼 필요가 있다. 유엔이 1983년을 세계적으로 '커뮤니케이션의 해'로 공식 선언한 이유도 바로 여기에 있다.

> 어려운 것을 어렵게 말하기는 쉬워도 어려운 것을 쉽게 말하기는 어려운 법이다.

연사의 이야기는 알아듣기 쉽고 흥미 있으며 유익한 것이고, 이따금 청중에게 감동을 주고 여운을 남겨야 한다. 그리고 연설 앞이나 중간 등에 '돈호법頓呼法'을 쓸 줄 알아야 한다. 이 같은 기본 원리가 연설의 중심을 잡으면 그 효과는 배가 될 것이다.

이에 앞서 연사의 인격 도야와 진실 정신, 그리고 예절이 우선 고려되어야 할 덕목德目이다.

제3장

연설의 기획

일반적으로 연설을 기획함에 있어 우리는 다음과 같은 연설 설계를 하면 매우 편리하다.

보통 40~60분 길이의 연설이면 내용 구성을 구체적으로 할 수 있다. 구성은 3단계, 4단계, 5단계 연설이 있는데 5단계 구성 연설의 단계별 성격을 살펴본다.

주의를 끈다

보통 의례적 인사말로 청중과 공통 기반을 다진다. 이 단계에서 고려되는 요점은 놀라운 말, 청중에 던지는 질문, 남의 증언 인용, 최신 뉴스와 정보, 사건·사고 등이 있지만 유머로 장식하면 연사에게 무게가 실릴 수 있을 것이다.

필요를 보인다

이 연설을 청중이 들을 필요가 있고 가치가 있음을 말한다. 연사가 주제主題에 관심을 갖는 이유, 청중이 들어야 할 가치는 무엇이며 연사가 말할 자격 여부, 우리가 주목할 사건 및 사실, 연사의 입장, 그리고 다루게 될 주제의 범위 등.

필요의 충족

주요 아이디어 제시와 함께 주제를 밝히는 화제話題 전개와 이에 따른 설명, 설득, 보고, 환담 등.

구체화의 단계

사실과 사례 제시, 숫자와 통계, 비교·대조, 증언과 증거 및 논거, 조사 및 연구 결과 등.

행동화의 단계

요약 및 강조, 결론 제시, 청중을 향한 호소, 결의·다짐, 비전 vision 제시, 청중을 향한 행동 촉구 등.

제4장
연설의 구체적 얼개^{짜임새}

표제^{標題}

연설의 제목에 해당한다. 예, "산정호수에 대하여".

주제

표제를 약간 구체화한 것이다. 예, "산정호수의 위치와 경관".

목적

일반 목적과 특정^{特定} 목적이 있다. 일반 목적은 보고, 설명, 설득, 환담 등이고, 특정 목적은, "산정호수를 본 대로 자세히 묘사 설명하고 이번 야유회를 그곳에서 갖기로 한다"와 같은 설득이다.

도입

산정호수에 청중의 주의와 관심이 최대한 집중하게 말한다.

전개

본론 격이다. 주요 아이디어를 3개 정도 준비한다. 주요 아이디어는 요점 또는 부제목으로 말할 수 있다.

① 산정호수의 위치와 경관

② 이용할 수 있는 관광지 시설과 경비 예산

③ 현장 야유회 프로그램 작성 및 분담 배정

종결

사전답사 보고 연설을 요약하고 이번 야유회를 그곳으로 결정하자고 청중을 최종 설득, 결심을 촉구한다.

중국 춘추전국시대 오나라 장수 손무孫武가 그의 『손자병법』에서 "지피지기이면 백전불패이고, 부지피지기이면 일승일부이며, 부지피부지기이면 매전필패라" 일렀다. 모든 연사는 이 경구를 음미, 저작咀嚼할 필요가 있다.

제5장

품위 있는 대화의 분위기 조성

　화자와 청자 간에 긴장을 약간 푼다. 단, 내가 먼저 긴장을 푼다는 뜻에서 부드러운 표정, 부드러운 말씨, 부드러운 태도 등을 보일 수 있다. 부드러워야 대화가 잘 풀린다.

　예의와 예절을 지킨다. 초면이든 구면이든 관계를 맺어 나가려면 이것이 가장 기본이다. 긴장이 풀리고 서로 자리도 권하며 안정을 다지면 그만큼 분위기가 조성된다.

　유머는 한층 더 친밀감을 다질 수 있다. 유머는 자연스럽게 나와야 하는 것이지 형식적으로 하는 것은 아니다. 아무리 적대적인 관계라도 서로 날씨를 화제로 꺼내 말하며 여유를 가지려 신경 쓴다.

　공감대sympathy 형성은 의사일치든 불일치든 대화 분위기 조성에 매우 중요한 단계이다. 비록 적대적 관계라도 문제가 풀리지 않으면 다음, 다시 만나기로 서로 합의하고 헤어진다.

　대화 분위기 조성에서 감정이입empathy은 바로 상대 입장에서 듣고 말하는 심리 작용이므로 처음부터 끝까지 한결같아야 한다. 그러는 가운데 피차 일치감^{rapport}을 느낄 수 있는 장면이 연출될 수 있다.

대화에서 서로 상대방 자존심을 세워주는 일은 기본예절임을 명심한다. 스피치, 리더십, 인간관계에서 금과옥조로 삼아야 할 교훈이 바로 '황금률'이다.

> 그러므로 무엇이든지 남에게서 받고자 하는 대로 너희도 남을 대접하라. 이것이 율법이요 선지자이니라. 『마태복음』 7장 12절

> "기소불욕己所不欲을 물시어인勿施於人 하라." 즉, 내가 하고자 하지 않는 것을 남에게 베풀지 마라. 『논어』 위령공 편

양의 동서는 갈려도 가르치는 진리는 하나임을 깨닫게 된다.

제6장

대화의 에티켓 etiquette

① 네, 아니오를 분명히 말한다. 그리고 찬성과 반대를 분명
  히 말한다.

② 단정적 진술 및 개략적 진술을 피한다.

③ 약간의 일치점도 확대한다.

④ 가급적 논쟁을 피한다.

⑤ 남의 의견을 함부로 비판하거나 반대하지 않는다.

⑥ 남의 발언을 부주의하게 차단하지 않는다.

⑦ 의견 대립 시 'yes but' 화법을 쓴다.

⑧ 발언 시 'yes response'를 얻어 나간다.

⑨ 상대가 아이디어를 선택하게 말한다.

⑩ 상대 주장에 동조하는 태도를 취한다.

⑪ 가르칠 때 가르치지 않는 것처럼 말한다.

⑫ 호의를 보이고 호감을 산다.

⑬ 아름다운 심정에 호소한다.

⑭ 가능한 대로 상대에게 인정감, 중요감을 준다.

⑮ 상대 이야기를 경청한다.

⑯ 질문과 응대어應對語를 적절히 보낸다.

⑰ 피차의 의견에 확인이 필요하다.

⑱ 이따금 유머 감각을 활용한다.

⑲ 상대 의견을 적극 수용한다.

⑳ 예의 바르게 대화를 나눈다.

㉑ 질의응답은 짧고 간결하게 한다.

㉒ 때 맞는 뉴스, 관심 끄는 정보, 도움 되는 아이디어, 건설
적인 제안은 필수 조건이다.

㉓ 피차 헤어질 때, 서로 실례 및 결례를 사과하고, 좋은 감
정으로 헤어진다.

제7장

'그리움'과 '탑'의 화답和答

파도야 어쩌란 말이냐

파도야 어쩌란 말이냐

임은 뭍같이 까딱 않는데

파도야 어쩌란 말이냐

날 어쩌란 말이냐

—「그리움」, 청마 유치환柳致環

너는 저만치 가고

나는 여기 섰는데

손 한번 흔들지 못한 채

돌아선 하늘과 땅

애모哀慕는 사리로 맺혀

푸른 돌로 굳어라

—「탑」, 정운 이영도李永道

＊

효과적 청법

① 정신 집중

② 적절한 질문

③ 적절한 응대어應對語

④ 확인메시지 공유

효과적 화법

① 말소리가 분명하다.음성 관리의 중요성

② 이야기가 알아듣기 쉽다.

③ 이야기가 관심과 흥미를 끈다.

④ 이야기가 유익하다.

⑤ 이야기가 여운을 남긴다.

⑥ 이야기가 매력이 있다.

　　자연스러운 대화조에 저음으로 시작, 때로 변화를 준다.

　　'띄어 말하기pause'를 활용한다.

⑦ 누구에게나 예의禮儀바르게 말한다.

제5부

'국어 화법'의 논저 해제

*

    '한국스피치학회'는 1963년 정태시, 김갑순, 이두현, 이근삼, 전영우 등을 중심으로 하여 서울에서 조직되었다. 중학교 및 고등학교 국어과 교과과정에 '화법'을 넣고 교과서도 펴내어 검인정 교과서로 인가받고자 하는 등의 의욕적인 출범을 보였다.

    화법 교육이 없이는 건강한 민주주의 사회가 뿌리를 내리지 못하고 그렇게 될 때 민주주의 사회의 정착은 요원하다는 사실에 주목하고 앞으로의 국어 교육에서 반드시 '화법'이 개설되어야 한다는 학회 창립 발기인의 공감대를 이루었다.

    그런데 1996년부터 고등학교 국어과 교과과정에 '화법'이 들어가게 되니 실로 30년 만의 숙원이 이루어지는 셈이다. 이에 그동안의 임원 동정을 살펴볼 필요가 있다.

    필자는 1960년 대학원에 진학하여 '스피치'를 전공한 후에 1962년 「스피치 교육의 사적 진전 소고」로 석사 논문을 학계에 제출했으며 『표준 한국어 발음 사전』공보부, 『화술의 지식』을유문화사을 잇따라 출간함과 동시에 국제스피치학회SAA에 정식 회원으로 가입하였다.

    한편, 이두현 교수는 1960년 도미하여 피바디대학과 워싱턴 가톨릭 대학에서 연극과 스피치를 연구한 후 1962년 귀국하여 서울대에 화법 강좌를 개설하고 수업을 시작하였다. 그러나 이보다 먼저 정태시 교수는 『새 시대의 연설』[1958]을, 아테네에서 출간하여 미국 먼로[A.H. Monroe] 교수의 스피치 실연 개요를 한국에 처음 소개하였다. 그렇다면 한국에서의 본격적인 스피치 연구는 1960년대 초로 보게 된다.

따라서 서재필과 윤치호에 의하여 1890년대 배재학당에서 이루어진 실연 중심의 '스피치' 교육을 효시로 오늘에 이르기까지 한국의 스피치 관련 논저를 개관해 볼 필요가 있다.

백년이 지나는 동안 주목의 대상이 되는 윤치호의 『의회 통용 규칙』, 안국선의 『연설법방』, 안창호의 『웅변법 강론』, 필자의 「근대 국어 토론에 관한 사적 연구」[박사논문] 등을 뽑아 논저 해제를 시도해 보는 것도 크게 의미가 있다고 생각한 나머지 본 논고를 착수하게 된 것이다.

제1장

윤치호의 『의회 통용 규칙』

『의회 통용 규칙』은 미국 로버트의 저작을 대한 전 협판協辦 윤치호가 번역한 소책자이다. 이 책은 국한문 혼용으로 가로 12센티미터, 세로 17센티미터의 크기에 판권을 포함해 모두 30쪽에 이른다.

필자가 입수한 것은 대한 융희 2년[1908] 5월 1일 황성신문사에서 인쇄하고 서울 중앙서관에서 발매한 것이다.

그런데 윤치호는 이보다 10년 전 1898년 3월 로버트Henry M. Robert의 『의회 규칙 편람』을 요약, 발췌, 번역하기 시작하였다.

저자가 입수한 원본은 미국 시카고 '그리그스'에서 1894년에 출판된 문헌이다. 신용하는 이 부분을 다음과 같이 풀이하였다.

윤치호는 헨리 로버트와 조셉 로버트 형제가 공저한 *Pocket Manual of Order for Parliamentary Assemblies*를 번역하고 있는데 이것을 "의회 통용 규칙"이라 번역하여 의회 개설시의 회의 진행 방식에 대한 준비 훈련에 대비했던 것 같다. 이 책은 1900년에 조셉 로버트에

의하여 *Primer of Parliamentary Law*라는 책으로 수정·보완되어 서구에서도 널리 보급된 회의 진행 규칙 해설서였다.

저자는 로버트 형제의 공저는 보지 못하였다. 또 저서명 중에 신용하가 인용한 것은 'Parliamentary'인데 비하여 저자가 인용한 것은 'deliverative' 라는 사실의 차이에 주목하게 된다. 그렇다면 1894년의 그리그스판 외에 또 다른 유사서가 이때를 전후해 로버트 형제의 공저共蓍로 나왔을 것으로 추정된다.

윤치호는 『의회 통용 규칙』을 독립협회 회원들에게 배포했을 뿐 아니라, 1898년 6월부터 『독립신문』에 광고를 내어 일반에게 판매하고, 토론회의 진행과 의회를 개설했을 때의 회의 진행 훈련에 대비하도록 하였다.

천하만국이 의회하는 통용규칙을 미국 학사 로버트 씨가 만들고 대한 전 협판協辦 윤치호 씨가 번역해 박혀 파오니 의회 하는 규칙을 배우고자 하는 이들은 독립 신문사로 와서 사다가 보시오. 값은 매 권에 동전 5푼씩이오.

이 같은 사실에서 볼 때, 로버트의 『의회 규칙 편람』은 1894년에 출판된 것이고 이른바, 로버트 형제 공저의 『의회 규칙 편람』은 그 후에 출판된 것으로 추정된다. 그리고 윤치호가 번역한 『의회 통용 규칙』 역시 로버트의 저서가 출간된 4년 뒤에 나온 것인 만큼 1894년판^{초판은 1876년}이 원서일 듯하다.

뿐만 아니라, 저자가 입수한 융희 2년판 윤치호의 『의회 통용 규칙』은 정가가 15전인 점만 보아도 초판이 나온 지 훨씬 뒤에 간행된 것이다. 초판은 1898년 5월 말경 출판된 것으로 추정된다. 따라서 저자는 1894년판 로버트의 『의회 규칙 편람』의 내용을 검토할 필요를 느낀다.

이 책은 동의에 대한 규칙표를 머리말 앞에 제시했고 머리말 다음에 별도의 서문 양식이 있다. 여기서 저자는 회의법과 저술 계획, 그리고 정의와 과오 등으로 나누어 저술하였다.

책의 내용은 모두 3부로 구성되어 있다. 1부는 의회 규칙, 2부는 의사일정의 구성과 진행, 3부는 기타 잡무이다.

제1부 의회 규칙

의사일정, 동의의 종류, 동의의 우선순위, 위원회와 비공식 활동, 토론과 예절, 투표, 임원과 의사록, 기타 잡무

제2부 의사일정 구성과 운영 방법

조직과 회합, 임원과 위원회, 의사일정의 소개, 동의, 잡무

제3부 기타 잡무

이 책의 저작 의도는 당시 미국에서 의회규칙과 회의 실무에 기초를 둔 회의법에 관한 일반 원리의 정리 작업이 절실히 요청되는 데서 비롯하였다. 따라서 이 작업은 회합의 조직과 운영 방법, 임원의 책무, 일반 동의의 명칭, 각 동의에 대한 언급, 동의의 목적과 효과, 수정 및 토론 가능성 여부, 토론의 범위 한정, 현안이 될 수 있는 또 다른 동의는 무엇인가 등을 상세히 밝히는 일이다.

이 편람은 압축되고 조직된 형식으로 상기 사항을 충족 보완하는 계획의 일환으로 준비된 것이다.

제1부의 모든 규칙은 사전에 이미 완성된 것이고, 모든 부분은 비교 대조되고 있다. 어떤 방식으로든 규칙을 제한한다. 그러므로 이 분야의 문외한도 특수 목적을 위해 용이하게 참고할 수 있게 내용을 꾸몄다.

사회자가 내용에서 문제의 해당 부분을 직접 찾는 번거로움을 겪지 않고 일반적으로 중요시되는 2백여 문제를 즉시 해결할 수 있게 동의 규칙표를 머리말 앞에 제시해 도움을 주고 있다.

제2부는 일반 회합에서 의사일정을 운영하는 일상적 방법을 간결하게 설명하고 있다. 용도에 따라 분류된 동의와 유사 목적에 쓰이는 동의가 각각 비교되고 있다.

이 부분은 모든 공동 사회의 대규모 조직을 위해 준비한 것이다. 공동 사회는 대부분 회의 관례에 익숙해 있지 않다. 그리고 공동 사회는 회의법會議法 연구에 충분한 시간을 할당할 수 없을 뿐만 아니라 구성원은 단지 규칙 위반의 두려움 없이 심의 회의에 참가할 수 있게 약간의 노력만 기울일 뿐이다.

제3부는 의회의 법적 권한 회의 소집 등에 관련된 유용한 정보 등을 포함하고 있다. 가능한 최선의 매너를 디자인하는 것이 회의 규칙의 목적이므로 때로는 개인적인 사항을 약간 억제하는 일이 불가피하다.

어떤 공동 사회이든 개인이 향유하는 개인의 권리는 집단 이익에 상충된다. 모든 경우 회의 실무에 대한 편람이 각각 상이하고 또 의사일정을 정상으로 운영해 보고자 하는 공동 사회의 예가 매우 드물다.

통용 규칙에 의한 회의법의 채택이 수반되어야 모든 공동체의 권위가 정상으로 형성될 것이다. 회의법에 관하여 쓴 영국의 한 저자는 말하였다.

모든 경우, 합리적이든 아니든 형식은 그렇게 중요한 것이 아니다. 규칙이 어떤 것이냐 하기보다 이미 경과된 규칙이 있다는 사실과 의장의 자의 행동 혹은 회원의 의사 진행 방해가 된다. 격식을 갖춘 공동 집회에 유지되는 품위와 규칙적인 순서는 실제적인 자료이다.

요컨대, 로버트의 심의회를 위한 『의회 규칙 편람』에서 제1부는 의회 규칙과 실제에 기초를 둔 의회법의 대요이고, 제2부는 각종 집회, 의회, 심의회의 의사일정 구성과 운영 방법에 관한 설명이다.

윤치호의 『의회 통용 규칙』은 주로 제2부에서 발췌 요약된 부분이 많다. 그러므로 원서에서 발췌된 부분을 4개 항목만 다음에 인용한다.

① 회합을 가지려면 우선 회중 일인이 앞으로 나아가 말하기를 "지금부터 회를 조직할 터인데 나는 A 씨를 의장으로 선출할 것을 동의합니다"고 하면 이 추천이 가하다고 생각되는 사람이 "나는 동의를 재청합니다"라고 한다. A 씨가 의장으로 선출되면 그가 말하기를 "우선 우리가 할 일은 서기의 선출입니다"고 한다.

② 두 가지 문제가 해결되면 장정章程에 다음 항목이 포함된다. 모임의 목적과 명칭, 회원의 자격, 임원의 자격과 선출, 회합, 장정의 개정.

③ 의장은 정기 회합을 개최하고 사회하며 회중 사무를 순서대로 고지하고 각종 동의를 회중에 물어서 가부를 표결한다. 그리고 장정과 세칙을 적용해 회합 시 회중의 정숙을 유지한다.

서기는 의사와 토론을 기록함에 있어 어떤 비평도 할 수 없다.

회의록의 양식은 다음과 같다.

"모임의 정기 회합이 1875년 3월 15일 오후에 개최되었다. 의장은 A 씨, 서기는 B 씨, 전번 회의록이 낭독되고 승인되었다."

다음 형식은 대부분의 경우, 적절히 활용할 수 있다.

'출납 장부가 오래 보관되는 것이면 전체 수입의 총액을 기장한 뒤에 곧 세부 수입 사항을 명기하는 것이 바람직하다. 지출 역시 동일 방법으로 취급될 수 있다.'

모임의 회계가 서명하고, 연보를 제출한다.

④ 모임에서 어떤 의사일정이 없을 경우, 한 회원이 기립해 의장을 부른다. "의장!" 하면 의장은 즉시 그를 지명한다. 그는 의원석에 서서 말하기를, "나는 다음 제안의 채택을 동의합니다"라고 한다.

상기한 1항은 『의회 통용 규칙』 제1장 「회를 조직하는 차서 次序」로 번역되었고, 2항은 제2장 「장정 세칙」으로, 3항은 제3장 「임원의 직무와 권리」로, 그리고 4항은 제4장 「동의, 재청, 투표법」으로 각각 번역되었다. 그러므로 윤치호의 『의회 통용 규칙』은 헨리 로버트의 『의회 규칙 편람』을 초역한 것이라 확인할 수 있다. 윤치호의 『의회 통용 규칙』은 내용이 모두 7장

55절로 되었다.

제1장 「회를 조직하는 차서」, 제2장 「장정 세칙」, 제3장 「임원의 직무와 권리」 등은 주로 일반 단체의 조직 규정으로 회의 실무에 직접적인 연관이 없어 보인다. 제7장 「규칙 수지」 등 4개장의 내용은 회의 실무에 직접 영향을 미치는 사항이다. 따라서 여기에 관심이 집중되지 않을 수 없다.

회의 진행에 동의가 나오면 재청을 받아야 비로소 동의가 정식 토의 의제로 상정되고 재청이 없으면 불문에 부친다.

의장은 가부를 회원에게 묻고 표수의 다수로 가부를 결정하되 의장이 결과를 발표한다. 동의 가운데 즉결청은 의견을 묻지 않고 개의 없이 3분의 2표를 요한다. 그러면 의안 혹 개의에 대한 의논을 중지할 수 있다.

파의청은 재청 없이 3분의 2표를 요한다, 그러면 본 의안이 파의된다는 요지가 제5장의 내용이다. 가장 핵심적인 회의 실무는 제7장 「규칙 수지」이므로 전문을 전재해 비교 대조의 기준으로 삼고자 한다.

제7장 규칙 수지

1. 성수, 모 회든지 유무고 불참하는 회원이 많은 고로 회원 기분지 일을 성수로 정하여 성수만 참석하면 회중 사무를 상판함.

2. 사무차서, 영원히 조직한 회에는 일정한 사무 차서가 유하니 대략 여좌함. 제1 점명, 제2 회의록 낭독 제3 상비 위원의 보고, 제4 특별 위원의 보고, 제5 미진 사건, 제6 신 사건, 제7 폐회.

3. 토론 예절

    ① 모 의안 가부를 토론할 때 타 회원의 성명을 부르지 말고 먼저 말한 회원이라 하든지 혹 달리 지점함이 가함.

    ② 모 의안을 대하여 사지事之 가부만을 의논할 뿐이요 타 회원의 주의 여하는 평론함이 불가함.

    ③ 회중 혹 회원을 대하여 무례한 언어를 불허함.

    ④ 하시든지 회장이 규칙 혹 권리문제로 발언하려 하면 회원이 석권을 양여함.

4. 토론 정한定限, 회원이 많으면 모 의안에 대하여 매인의 토론 번수와 시한을 예정함.

5. 권리문제, 회원 권리문제에 상관되는 쟁론이 기하면 회원이 기립하여 회장을 호하고, "내가 권리문제로 할 말 있소," 하면, 회장이 제 타사하고 즉시 그 이유를 문하면 그 회원이 모 사건이 여하히 자기 권리를 손상함을 설명하면 회장이 그 권리의 상관 유무를 판결하되 회장의 판결을 불복하면 제1장 2조에 의함.

6. 권리문제를 당장 판결하기 난편難便하면,

    ① 존안存案 하든지

② 위임을 하든지

③ 정기 혹 무기 연타함을 득함.

7. 규칙 문제

토론할 때 모원이 규칙을 범하거나 혹 무례한 언어를 쓰면 회원이 기언起言하되, "내가 규칙 문제로 할 말 있소," 하면, 의장이 즉시 토론하던 모원을 정지하라 하고 규칙 문제를 청한 후에 모원이 규칙 범犯·불범不犯을 판결하되 모원이 불복하면 제1장 2조에 의함.

8. 모 회원이 무례한 언어를 하여 정지를 당하였으면 회중의 허가 없이는 정지한 토론을 속론 못함.

9. 규칙 잠지 특청, 불문 의견 유재청 3분의 2표, 모 의안을 제출코자 하나 규칙 기조에 구애하여 못하면 회원이 모 사건에 구애되는 규칙을 잠지하기를 특청하고 재청이 되면 의장이 불문 의견하고 회중의 가부를 의규 표결하되 회중의 가표가 3분의 2라야 특청을 허함.

10. 폐회청, 의논 중이라도 폐회하기를 동의 재청하면 의장이 불문 의견하고 회중의 가부를 의규 표결하되 폐회 동의는 개의 못함.

위에서 필자는 로버트의 『의회 규칙 편람』과 윤치호의 『의회 통용 규칙』을 대조하여 논의하였다.

제2장

안국선의 『연설법방』

안국선^{安國善}의 『연설법방^{法方}』은 1907년 11월 창신사에서 초판이 발행되었고 이듬해 8월 현공렴 명의로 3판이 발행되었다. 당시 독자들에게 상당히 환영받던 문헌이다.

내용은 연설과 웅변의 방법을 설명한 것으로 새로운 민주주의 생활 방식을 국민들에게 계도시키고자 한 데에 그 뜻이 있던 것 같다.

70여 쪽에 불과한 작은 책자로 조창한의 '머리말'이 처음에 실려 있고 이어 안국선의 '서언'이 있다.

웅변가의 기초, 웅변가 되는 방법, 연설자의 태도, 연설자의 박식, 연설과 감정, 연설의 숙습^{熟習}, 연설의 종결 등이 주요 내용이다. 당시 대한이 속박주의를 겨우 벗어나 석방주의를 겨우 채택하고 무단시대를 겨우 지나 헌정시대로 접어들 시기에 불가불 언론 자유를 존중하지 않을 수 없는 시대적 사명이 주어진 때, 안국선은 이에 뜻을 두고 사회 문명이 언론 자유의 부진으로 크게 방해되고 구애됨을 개탄한 나머지 이 『연설법방』

을 저술한 것이다.

문장 표현은 간단 평이하고 이에 담겨진 내용 또한 뜻이 깊고 넓어 당시의 신진 청년들에게 귀중한 교양서가 되었을 것이다.

이를 독파한 청년들이 언론 자유의 귀중함을 새롭게 인식했을 것이고, 나아가 석방주의 문명과 헌정시대의 정치를 완전히 발전케 하는 데 도움을 받았을 것이다.

개화 유신은 마땅히 도모해야 하나 백성이 몽매하고, 문명을 꼭 일으켜 발전시켜야 하나 사회가 깨지 못하고 어두운 때 선각자가 당연히 이를 설명해 깨우쳐 주지 아니 하니 후진도 또한 토론할 겨를이 없는 시대 상황이었을 것이다.

언론 자유는 문명을 선도하는 방편이 되는 것인 즉, 언론이 부진하면 민권이 불흥하고, 동시에 국권 역시 부진하니 헌정을 도모할 수 없게 되는 고로 잠자는 자 일으키고 취한 자 깨워야 했던 것이다.

여기에 인용된 연설문만 13개 예문에 달하고, 인용된 연설자만 20명에 달한다. 연설문을 뽑아 연제만 항목으로 보이면 다음과 같다.

- 패트릭 헨리Patrick Henry, 1736~1799의 연설

- 데모스테네스Demosthenes, B.C.384~322의 연설

- 마틴 루터Martin Luther, 1483~1546의 연설

- 브루투스Marcus Junius Brutus, B.C.85~42의 연설

- 안토니우스Marcus Antonius, B.C.82~30의 연설

- 학술 강연회의 연설

- 낙심을 계하는 연설

- 청년 구락부에서 하는 연설

- 정부의 정책을 공격하는 연설

- 단연 연설

- 학교의 학도를 권면하는 연설

- 부인회에서 하는 연설

- 운동회에서 하는 연설

연설과 관련 있는 전기前記 연설자를 빼고 나머지 연설자 명단은 다음과 같다.

- 글랫스턴William E. Gladstone, 1809~1898

- 비스마르크Otto von Bismark, 1815~1898

- 대닐 웹스터Daniel Webster, 1782~1852

- 에드먼드 버크 Edmund Burke, 1729~1797

- 워렌 헤스팅스 Warren Hastings, 1732~1818

- 레옹 감베타 Leon M. Gambetta, 1838~1882

- 윌리엄 브라이언 William Bryan, 1860~1925

- 헨리 브루엄 Henry P. Brougham, 1778~1868

- 사보나롤라 Girolamo Savonarola, 1452~1498

- 아브라함 링컨 Abraham Lincoln, 1809~1865

- 시저 Julius Caesar, B.C.100~44

- 소진 蘇秦, ?~B.C.317

- 장의 張儀, ?~B.C.309

- 조지 워싱턴 George Washington, 1732~1799

- 시마다 사부로 1852~1923

등이다. 세계 웅변 및 연설사에서 찾을 수 있는 연설과 연설자가 두루 망라된 사실로 미루어 안국선의 『연설법방』은 매우 현대적인 연설 이론에 근거를 두어 서술하고 있음을 쉽게 알 수 있다.

그러나 다만 "빠토리코", "헤이징스", "링코룬" 등 인명 표기로 보아 일찍이 일본에서 발간된 연설 또는 웅변서의 영향을 어느 정도 받고 있음을 그대로 간과할 수 없다.

그러므로 안국선은 일본에 이미 수용된 유럽 화법을 간접적으로 한국에 이입한 초기의 화법 분야 저자였다고 말할 수 있을 것이다.

『연설법방』이 비교적 현대 이론에 근거했다는 주장을 뒷받침하기 위해 장절章節별로 특징을 지적하면 다음과 같다.

웅변가의 최초

데모스테네스의 웅변을 말하는 부분에서 첫째, 호흡은 급하고 성음이 크지 않은 점, 둘째, 변설이 유창하지 못하고 조음이 불명료하며 띄어 말하기가 불분명하다는 점, 셋째, 일단 일구를 끝낼 때마다 양어깨를 필요 없이 올리는 점이라 평한 데모스테네스 친구의 조언을 인용한 데 이어 이 같은 결정적 결함을 제거하기 위해 데모스테네스가 실천한 눈물겨운 발성 연습을 서술하고 있다.

혹은 해변에 출하여 해안 암초를 역타하는 파도 간에 임하여 대성으로 기 파도의 성과 논쟁하며 세소한 사석을 설하에 치하여 발키 난한 성음을 발케 하므로 여차한 공부를 적하여 희랍 국가에서 제일의 웅변가가 될 뿐 아니라 천재를 경하여 금일에 지하도록 차인에 급한 자 미유한지라.

웅변가가 되는 방법

가장 중요한 사실은 남을 대하여 변론하는데 항시 거리끼지 말고, 앞일을 지나치게 염려하지 말고, 주눅 들지 말고, 남이 나를 조소해도 상관 말며, 남이 나를 광인이라 해도 상관 말며, 힘이 다하여도 게으름 피우지 말며, 해가 저물어도 싫증내지 말며, 음식을 보아도 변론을 마친 뒤에 먹고, 일이 생겨도 이야기를 끝낸 다음 상관하며, 불필요한 언론이라도 항시 변론할 일이라고, 웅변가 수업의 기본을 명쾌하게 기술한 다음 다시 구체적 설명을 덧붙이고 있다.

연설한 후에 회한치 아니할 방법은 구에 출하는 대로 열심 설거할 것이라 인이 백이라 언 하거든 아는 흑이라 반대하며 인이 표라 언 하거든 아는 이라 응답하여 몰리 무근한 설이라도 어디까지든지 주장하여 굴치 말고 병사가 전장에서 좌우를 불고하고 돌관함과 여히 철면피로 토론하여 상대자를 승한 후에 이할 대 용기가 대웅변을 연습할지니.

토론법을 익히기 위한 가장 기초적인 내용을 인상적으로 평이하게 설명한 것이다.

연설자의 태도

연설의 비방이 연설자의 태도에 있음을 강조한 데모스테네스의 말을 인용하면서 연설은 연설자의 열의와 성의에 달려 있음을 역설하고 있다. 그러므로 비록 하수의 연설이라도 열성이 있으면 청중이 경청하고, 상수의 연설이라도 열성이 없으면 연설을 멈추고 연사가 하단하기를 바라는 청중이 있을 것이라고 매우 함축성 있는 표현을 쓰고 있다.

대닐 웹스터의 연설은 어기가 활발하여 열심히 수용함과 여하니 항상 양수를 권악하거나 혹은 타휘함이 상례요, (…중략…) 연설자의 태도는 기 연설 중에 어세를 종하여 혹은 수를 거하며 혹은 안을 변하여 기 심중의 정상을 현시함이 필요하다.

연설자의 연설에 깔린 열성과 이에 수반되는 표정 언어와 동작 언어를 간명하게 설명한 부분이다.

연설자의 박식

사회가 있고 국가가 있고 정치가 있는 이상 웅변이 필요하고 웅변가가 되려고 하면 형식 못지않게 열심과 박식이 내용상 불가결한 요소임을 밝히고 있다.

브라이언 연설의 제일 특색은 연설할 때마다 사조辭調가 부동하고 취의가 개이하여 중복한 설이 무하다 하니 차 해씨를 금세 제일의 웅변가라 칭하는 소리라, 박식이 아니면 어찌 여차 칭하리요, 고로 연설을 잘 하려 하거든 명사의 연설기를 많이 보고 타인의 연설을 많이 듣고 또 몸소 연단에 임하여 많이 연설을 하여 볼지라.

다독과 다청과 다연이 실로 웅변가 되는 계제니 (··중략··)

연설을 등사하고 암송하면 어조의 급박한 처와 금종하는 처를 자연히 지득하여 부지불식간에 연설의 묘방을 득하나니, 영국의 웅변가로 칭하는 브루엄 씨가 왈,

"여기 귀족원에서 황후를 위하여 논변할 시에 기 준비로 4주간이나 데모스테네스의 연설을 반복 숙독하고 20여 번을 등사하였더니 세상의 갈채를 수하였느니라" 하니라. (··중략··)

총히 연설은 아의 의견을 진술함이 목적이나 기 의견을 진술할 시에 언어를 조종함이 필요하니 반은 아의 의견을 말하고, 반은 타의 의견을 언한다. (··중략··)

고로 타인의 사하는 것을 연한 후에 아의 의견을 토하여 결정하는 단안을 하함이 필요하다. 연이나 연설에 숙습지 못한 자는 타인의 의견을 사할 여지가 무하고 다만 자기 의견만 무미하게 술하는 고로 박수갈채의 성이 소한 것이니.

연설과 감정

인간은 감정을 앞세우므로 연설할 때 마땅히 감정에 호소하여 청중의 감정을 움직이어야 한다. 감정을 움직이지 못하는 연설은 아무리 정당한 사실을 주장하더라도 청중의 공감을 사기가 어려운 것이라 전제하고 안국선은 다음과 같이 덧붙였다.

감정에 호소하는 연설은 수가 청하든지 수가 독하든지 아! 비참하다. 아! 불쌍하다. 아! 견딜 수 없다. 하는 염이 기하여 자연히 기설에 동정을 표하게 되나니 연설자의 불가불 주의할 것이라.

연설의 숙습熟習

구미 각국에는 인물전으로 강연하는 일이 있다. 간쏘라스의 「사보나롤라」 강연과 스콧뜰의 「링컨」 강연 등은 세인이 모두 찬양하는 것인데 이들 인물이 당시 종교계 폐습을 통격하고 로마 법왕을 논박할 때 전이 치하고 뇌가 굉함과 같이 당우가 친동하는 듯하고 청중은 넋을 잃게 할 뿐 아니라, 인물전 연설인이 청중을 웃겼다 울렸다, 숙습지 않으면 불가능한 것이니 그러므로 연설은 숙습이 불가불 필요함을 강조하고 있다.

7) 연설의 종결

연설을 끝내고 하단할 때 연사가 불필요한 사족을 달 이유가 없으나 단지 형식상의 연설은 형식상의 의례적인 표현을 수반하는 것이 필요하다며 다음 실례를 들어 보인 것은 이채롭다.

"재미있는 말씀이 다하오나 시간이 부족하오니 후일에 기회가 유하면 다시 연설하겠습니다."

"하고 싶은 말씀이 다하오나 연설 잘하는 변사가 여의 후에 재하여 여의 연설이 얼른 끝나기를 대하오니 여가 차를 방해하는 것도 또한 미안하여 그만둡니다."

"잘못하는 연설은 간단한 것이 좋은지라 그만하고 타인의 연설을 청합시다."

이 같은 어구로 연설을 끝내면 청중이 연사의 이야기를 좀 더 들었으면 하는 감정의 여운을 청중에게 남기는 결과가 되니 연설 종결의 한 가지 방편이 아닐 수 없다.

제3장

안창호의 『웅변법 강론』

　1950년, 웅변 구락부에서 발간한 강재환 편의 『도산 안창호 웅변 전집』 하권으로 편찬·수록된 『웅변법 강론』은 1946년 이을이 먼저 발간한 것이다. 권두사에 이르기를 "이 강론서는 도산 안창호의 청년 저술이라는 것과 웅변 구락부를 통해 도산의 유고를 반포한다"는 요지가 실려 있다. 강재환의 『웅변법 강론』 소개는 광복 이후 두 번째가 된다.

　도산의 『웅변법 강론』은 모두 8개 항목으로 분류해서 서술하고 있다.

　첫째 '웅변법의 목적'에서 사상을 전달하는 법, 웅변법과 수사학, 웅변법과 논리학, 가치 있는 사상, 웅변과 인격 등을 말했는데 기술 방식이 문장 표현어에 의한 것이 아니고 구두 표현어에 의한 것이 특이하다.

　둘째는 웅변법의 기초와 사상의 정돈, 연설의 구성, 화제의 선택, 연설의 준비, 성음의 표정, 태도의 준수 사항, 등에 대해 근세의 저명한 스피치 이론과 실제를 광범위하게 인용, 소개하고 있다.

뿐만 아니라 동양의 고사 등 실로 시의 고금, 양의 동서를 가리지 않고 적절한 예를 찾아 도산의 웅변 이론이 전개되고 있다. '강론'이 성립된 것을 알 수 있다.

실례를 지적하면, 석가모니, 공자, 예수, 소크라테스, 데모스테네스, 키케로, 아리스토텔레스, 나폴레옹, 비스마르크, 프랭클린, 디즈레일리, 이순신, 을지문덕, 한퇴지, 구양수, 버크, 웹스터, 브루투스, 가필드, 쉐리단, 버클리, 존 브라이트 등을 인용하고 있다. 그리고 수사학과 논리학에 대한 식견이 크고 넓다는 점을 지적할 수 있다.

우리나라에서는 '문체론'이라고 문장을 분석하는 이론이 있으되 수사학은 거의 소개되지 않고 있다. 그러나 구미에서는 스피치에서 수사학이 크게 연구되고 있다.

그렇다면 도산의 해박한 수사학 이론은 구미의 그것에 견줄 수 있다. 다만 현대의 스피치에서 크게 부각되는 커뮤니케이션과 의미론 그리고 인간관계에 기초를 둔 설득 심리의 깊은 탐구는 많이 소외되어 있다. 그러나 '성음의 표정'에서 지금의 '음성 변형론'에 가까운 이론을 전개한 점이 주목된다.

도산의 『웅변법 강론』에서 특기할 사항을 다음에 간추려 소개한다.

동양은 군주 독재나 과인 정치이니까 공의 여론으로 결정하는 일이 없고, 민은 가사유지요, 불가사지지라 하던 풍습이니까 웅변으로써 다수의 찬성을 얻는다는 필요가 없어 만약 그런 공의나 여론으로 할 것 같으면 즉시 반역으로서 논구하는 경우에 이르니 언론의 자유라는 것이 속박되었은 즉 세 부득이 침묵 과언하는 법을 지킨 것이오, 혹 강개자가 언론의 역출함을 능히 금치 못할 경우에는 겨우 문자의 힘을 빌려 소장疏章을 올리는 수밖에는 딴 도리가 없는데 비하여 서양 각국에서는 고대부터 그리스와 로마는 공화 정치를 행하여 공의 여론을 중시하니까 변론의 방법을 성히 연구하여 데모스테네스, 키케로 등을 비롯한 많은 웅변가가 배출될 수 있었다는 점과 아울러 인도에서는 포교와 전도로 주의를 삼는 유교 등속이 혼동하여 언론으로 하는 것보다 덕화하는 것을 위주로 하였으니까 변론의 방법이 전혀 발달치 못했고 특히 설교나 연설 등사에 종사하는 자를 경멸하여 자연 이 방면이 발전할 수 없었으나 서양에서는 기독교도가 전혀 구설로 전도하기를 위주 하되 특히 종교개혁 이후는 신교와 구교가 변론으로 싸운 것이니까 변론이 크게 발달할 수 있었다.

라고 동양과 우리나라에서 변론 연구가 등한시되어 온 배경을 명쾌히 지적하고 있다.

우리나라에는 웅변법도 없고 언론으로 사상을 전하는 데는

다만 사적인 담화에 그쳤을 뿐 공적인 연설은 없었다 했고, 담화와 연설을 구분해 전자는 사적이요 후자는 공적이라는 점, 또 전자는 복백이요 후자는 독백이라는 점, 다시 연설은 다수를 상대하나 담화는 피차의 응답이므로 취지가 각각 다른 것으로 보았고, 법정 변론과 의회 토론은 반사半私 반공反公으로 보았다.

그리고 웅변법은 복백보다 독백, 사적보다 공적, 즉 연설을 주지로 위주했다는 것이 이 강론의 내용이다.

도산은 웅변의 목적을 어떻게 하면 가장 완전하고 또한 유효하게 자기의 사상을 저 사람에게 전할 수 있을까의 연구라 했고, 그러므로 만약 저 사람으로 하여금 자기가 아는 것과 같이 알게 하고, 자기가 생각함과 같이 생각게 하고, 자기가 결의함과 같이 결의하게 할 수가 있으면 웅변의 목적을 달성한 것이라 하였다. 그러나 이것이 매우 어려운 점임을 강조하고, 이것을 여러 각도에서 연구·분석하고 있다.

도산은 웅변법의 기초에서 웅변법의 근본 기초는 변사의 인격에 있다 하여 연설에서의 연사의 인격을 주장으로 손꼽았다.

사상이 인격 다음인데, 사상의 정돈을 도산은 가옥 건축에 비유해서 설명한다.

연설의 제일 착수는 무엇을 말하려고 하여 대체의 의안을 정하는 것인데 이 의안이 필요한 것은 사건의 관찰, 사건의 추억, 사건의 추량, 사건의 단정이라 했다.

사상 정돈에 반드시 명심할 것은 그 사상에 모순이 없을 것과 그 사상이 애매하지 아니할 것이다.

도산은 화제의 선택에는 3개 기준이 있다고 했는 바, "어떤 재료를 택하면 청중으로 하여금 해득^{解得}하기 쉽게 할 수가 있을는지?" "어떤 재료를 택하면 나의 소론을 증명할 수 있을는지?" 등이 그것이라 했다.

덧붙여 설명할 것이 비유인바, 비유에는 상당한 지면을 할애했다. 그리고 연설의 준비는 초고의 작성인데, 첫째, 제목에 관한 요건을 적기^{摘記}할 것, 둘째, 그 요건을 정리하여 구성할 것, 셋째, 그 경개^{梗概}를 확충할 것 등 3단계의 순서를 경유한다고 했다.

각도를 달리하여, 평소에 늘 연설의 준비는 할 수 있는데 그 중요한 것을 항목별로 거론하여 다음과 같이 밝혔다.

불가불 먼저 사람을 이해할 일.

불가불 상식을 함양할 일.

불가불 시대의 풍조를 간취할 일.

불가불 화제를 수집할 일.

불가불 제자백가의 확문 명작을 암송할 일.

불가불 명가의 연설 필기를 열람할 일.

불가불 명가의 연설을 다청할 일.

불가불 작문을 연습할 일.

불가불 일상의 담화에 주의할 일.

불가불 신체를 강장히 할 일.

연설의 준비에서 도산은 연제도 분류하였다. 즉, 참신과 기발을 조건으로 분류한다고 밝히고, 직설적 연제, 반설적 연제, 비유적 연제로 나누어 설명한다.

또 연설 벽두에 응용할 수 있는 문장 구성법의 기법 8칙을 열기한바, 서사, 송성, 문답, 원본, 파제, 설사, 가송이 그것이다.

연설의 준비를 다 말하고 성음의 표정으로 장절을 옮기면서 도산은 다음에 아주 웅변법의 본령이 되는 성음으로써 말하겠다고 하여 음성 변형이 연설의 본령이라고 강조하고 있다.

따라서 도산의 『웅변법 강론』 중 특히 성음의 표정은 현대 스피치에서도 크게 중시되는바, 그 내용에 별로 차이가 없다.

연설과 대화의 차이점은 도산이 먼저도 밝힌 바 있으나 태도에 따른 연설과 담화의 차이를 도산은 또 이렇게 지적한다. 즉, 연설은 기립하여 말하고 담화는 좌^坐하여 말하는데 물론 좌坐하여 연설하는 일도 있고 기립하여 담화하는 일이 없지 않으나 그것은 특별한 경우이고 대개 연설은 기립하고 담화는 좌坐한다고 하였다.

그리고 연설과 담화의 중간에 위치하는 것이 강의와 설교인데 혹은 좌坐하고 혹은 기립하나 이 태도는 우리나라 전래의 습관이고 구미에서는 다 기립하는 것이 보통이라고 하였다.

스피치를 기립해서 하는 것은 다만 청중이 연사를 견見하기 이利하고 청聽하기 이利하게 할 뿐 아니라 연사의 신체 전부에 근력이 보급되어 음성을 내기도 비상히 좋은 것임을 말하였다. 그리고 다시 연설을 분류하였다.

태도에 주의할 사항에서 이를 다시 설명한 점은 웅변법의 기초에서 밝힌 학술 연설, 정담 연설, 종교 연설, 공상에 관한 것, 문예에 관한 것 등의 분류가 미흡했던 것 같다.

연설에도 강의투가 있고 설교에도 연설투가 있으나 일반적인 의미로 말하면 학술 설명에 관한 것을 강의라 하고, 종교의 권유로 출하는 것을 설교라 하며, 기타의 것을 총칭하여 연설이라 하나 강의·설교 등을 망라한 모든 연설, 즉 광의의 연설을 인심의 3가지 작용으로 분류하면 주지적 연설, 주정적 연설, 주의적 연설로 분류한다고 하였다. 이것은 연설 목적에 따른 분류로 해석한다.

도산은 이어 서양의 변법辯法에는 태도가 중요한 부분이 되어 변사의 일거일동, 손짓하는 법, 발짓하는 법까지 설명하고 있으나 이것이 과도하면 배우와 같아 변사의 품격이 손상된다고 하였다.

우리나라는 풍속이 서양과는 달라서 동작하는 것보다 동작지 않음으로써 품격이 돋보이므로 대저 연설은 귀로 듣는 것이요, 눈으로 보는 것은 아니나 귀로 듣게만 하면 그만이라고 해서 조금도 이 태도에 주의하지 않으면 연설의 근본 목적이 되는 자기 사상의 완전한 전달이 불능케 된다고 하였다.

아무리 경건한 생각이라도 변사의 몸짓이 경조輕燥하면 그 경건한 점을 감減하고 아무리 비통한 일이라도 변사의 태도가 골계적이면 그 비통을 감손減損케 하는 것인 즉, 데모스테네스가 웅변의 비결이 태도에 있다고 한 말도 우리 국풍에 적합지 못하다고 배척할 리 없다고 말하였으니 연설 연구에 대한 도산의 깊은 통찰력을 엿보게 한다.

결국 태도의 주의 사항은 '자연히 되어라' 하는 일어에서 적당한 것은 없다고 하였다.

끝으로 도산은 그의 『웅변법 강론』이 결코 웅변가라고 하는 일종의 전문가를 위해 양성하기를 말한 것이 아니고, 또 그는 웅변가라고 하는 일종의 전문가가 특히 존재하는 것으로 인정하지 않는다고 그의 견해를 못 박고, 연설은 자기 사상을 타인에게 감히 전달하는 것이니 타인에게 감히 전달할 만한 사상이 없고 도연히 음성과 태도의 기교를 농락한다고 연설이 성립되는 것은 아니다.

종교가는 연설로 도를 전하고, 정치가는 연설로 주의를 발표하고, 학자는 연설로 소회를 공표하고, 실업가도 다 연설로써 그 사상을 토로할 수가 있는 것이니 연설가라고 하는 일종의 전문가가 특히 존재할 이유가 없은즉, 어느 사람이나 다 연설가가 될 줄로 생각한다고 하여 그 나름의 의견을 말하였다.

제4장

전영우의
「근대 국어 토론에 관한 사적史的 연구」

「스피치 교육의 사적 진전 소고」는 1989년 전영우의 학위 논문이다. 이 논문의 한 부분인 '구미 스피치 교육사'를 1962년 석사 논문으로 학계에 보고하였을 때 주위에서 '한국의 스피치 교육사'를 정리해 보면 어떻겠는가 하고 권고를 받고 한국의 근대사 자료를 살펴보는 중에 우연히 협성회, 독립협회, 만민 공동회의 활동 상황에 관심을 가지게 되었다.

한국 근대에 이입·수용된 구미 스피치는 연설, 토의, 토론, 회의 등에 한정되고 학문 연구를 기본으로 한 학술 이론에 중점을 둔 것이 아니라 실연實演의 형식에 비중을 둔 매우 기초적인 부분임을 이해하게 되었고, 구미 스피치를 체득한 지도자가 국어 스피치를 통하여 당시 민중에게 민족 자강, 민족 자주의 독립 정신과 개화 정신을 계몽하였다는 역사적 사실을 접하게 되었다.

서재필, 윤치호 두 지도자는 장차 한국에 의회가 설립될 것을 전제로 하여 의원 양성의 원대한 목표를 세우고 협성회와 독립협회의 회원들에게 연설 토의 토론 회의법의 실연 경험을 쌓게 하였다.

토론회의 효시는 협성회이지만 거의 동시에 독립협회 또한 토론회를 개최하여 공변公辯을 통한 공론 형성의 과정을 각 자회원이 직접 체험할 수 있게 지도하였다.

협성회 토론은 「협성회 규칙」[1896]의 토론 규칙을 따랐고, 독립협회 토론은 「독립협회 토론 규칙」[1897]을 따랐으며 그 준거는 윤치호가 번역한 『의회 통용 규칙』이었다. 그리고 또 이 규칙은 로버트Henry M. Robert의 『의회 규칙 편람』을 초역한 내용이다.

동의, 재청, 개의 등의 회의 용어를 처음으로 번역, 사용하기 시작한 때가 바로 이 무렵이다. 오늘날 사용되는 회의 용어의 기원이 된 것이다.

독립협회 창립 당시 목표가 토론 단체debating society였던 점만 보더라도 협회와 토론과의 관계가 밀접한 것이었음을 쉽게 확인할 수 있다.

우리말 화법 교육이 제도권 밖에서 실시된 것이 1890년대 협성회, 독립협회에서의 일이요, 중심 지도자는 서재필, 윤치호 등이고, 교재는 『의회 통용 규칙』이며 교육 내용은 실연 위주의 연설 토론 회의법이었다는 '근대 한국 토론의 생성·발전에 관한 연구'가 본 논문의 주제이다.

결국 저자는 근대 한국 공중 집회의 스피치 실연 상황의 형식과 내용, 그리고 영향 등을 분석하여 우리말 스피치 실연의 여명기를 조명하고 토론에 그 초점을 맞추어 그 역사적 의의를 찾아본 것이다.

본 논문의 가설은 다음과 같다.

① 구미 스피치가 이입·수용된 시기가 근대에 해당될 것이다.

② 구미 스피치 이입의 중심인물은 서재필, 윤치호 등일 것이다.

③ 스피치 실연의 장은 주로 협성회, 독립협회, 만민공동회 등이었을 것이다.

④ 민회 토론의 영향은 한말 근대 법령을 통하여 파악할 수 있겠다.

⑤ 『의회 통용 규칙』의 영향이 컸을 것이다.

⑥ 토론체 소설에의 영향이 없지 않을 것이다.

⑦ 안국선의 『연설법방』에 구미 스피치 이입 수용에 따른 새로운 의미가 있을 것이다.

＊

　로버트[H. M.Robert]의 『의회 규칙 편람』은 1876년 미국에서 출판되어 지금까지 전 세계적으로 '회의 진행법'의 원전으로 통용되어 온다.

　그런데 우리나라에서는 1898년, 윤치호에 의하여 그 초역이 『의회 통용 규칙』으로 당시에 회의 진행의 지침서가 되었을 뿐 아니라, 동의, 재청, 개의 등의 회의 용어를 처음 만들어 쓴 효시가 되었다. 아마도 한국의 스피치 교육사에서 이 책은 신기원을 이루었음에 틀림이 없다.

　안국선의 『연설법방』도 역시 실연 위주의 지침서에 불과하나 그래도 상당 부분 구미 각국의 스피치 교재를 충분히 소화하고 저술한 내용이므로 그만큼 비중을 더해 주고 있다. 『금수회의록』에서 보는 것처럼 회의에 대한 기초 지식도 동시에 가지고 있는 저자이므로 이 책에 대한 관심이 커지는 것은 오히려 당연한 감마저 든다.

　안창호의 『웅변법 강론』은 우선 저자가 고매한 인격을 갖춘 뛰어난 연사였다는 점에 주목하게 된다. 웅변 실연에 대한 지침서의 성격을 띠고 있음은 물론, 특히 부분적이지만 '정어법停語法' 등에 대한 논거는 오늘에 와서도 비교적 깊이 있게 다루어졌다는 평을 듣기에 손색이 없다.

비록 저자의 소론이나마 「근대 국어 토론에 관한 사적 연구」는 스피치 분야에서 처음으로 시도된 학위논문이란 점과 아울러 1890년대 배재학당을 중심으로 제도권 밖에서 실시된 실연 위주의 스피치 교육의 실상을 역사적 사실로 밝혔다는 데서 의의를 찾을 수 있지 않을까.

저자는 '스피치' 곧 '화법'을 주전공으로 결정하고 이 길에서 많은 시간을 보냈다. 처음 『화술의 지식』[1962]을 번역서로 을유문화사에서 출간하고, 곧이어 『스피치 개론』[1964]을 문학사에서 이 방면 최초의 본인 저서로 세상에 내놓았다.

이후도 저자의 저서 및 역서가 꾸준히 출간되고, 그 가운데 『화법 개설』[역락, 2003]은 학술원 추천 우수학술도서로 선정·발표되니, 저자의 기쁨은 이루 말할 수 없다. 이에 덧붙여 민지사에서 낸 『표준 한국어 발음 사전』[민지사, 2001]도 문화부에서 우수도서로 추천을 받아 일단 저자의 숙원이 이루어져 다소 안도감을 느낄 수 있었다.

처음 이 방면 '화법'에만 연구 노력을 기울여 온 저자가 이제 이마의 땀을 씻을 만도 한데 다시 신간으로 『설득의 레토릭』을 세상에 내놓는다. 스피치를 '화법'으로, 유머를 '환담'으로, 포즈를 '띄어 말하기' 또는 '띄어 읽기'로 바꿔 놓았다. 지금은 많이 익숙해졌지만 처음에는 이 용어가 매우 생소하였다. 그리고 국제스피치학회에 본인이 회원으로 가입한 후[1963], 이 방면 학술 자료가 속속 입수되어 국제적 흐름의 학술적인 정보가 우리 학계에서 공유되고 있다. 매우 다행스러운 일이다.

앞으로 기회가 닿으면 '스피치,' 곧 '화법'의 다른 저서를 새로 준비해 볼 예정으로 있다. 어떻든 이 방면에 눈떠온 이상, 여생도 이 학문과 더불어 함께할 작정이다. 강호 제현의 지도를 바라는 한편, 관심을 모으고 싶다.

참고로 저자는 아나운서 30년, 대학 교수 30년을 보냈지만 수원대 교수 시절, 학생 대상으로 담당한 강의 과목은 일반 국어, 언어학 개론, 음운론, 의미론, 화법론이었음을 덧붙인다.

2025년 3월
저자 전영우 기록하다